大正もののけ闇祓い

バッケ坂の怪異

あさばみゆき

ポプラ文庫ピュアフル

大正もののけ闇祓い

バッケ坂の怪異

あさばみゆき

presented by
Asaba Miyuki

目次

第一話　天風姤

昨夜の冷たい秋雨から一転。青く澄んだ空の下、停車場に八卦見《はっけみ》の看板が立っている。

東京の新興住宅地だとか宣伝され、小金持ちが居を移してくるようになった目白《めじろ》界隈だが、駅前の景色は大根畑にすすき野という、明治のままの長閑《のどか》な田舎だ。

そんな駅前に、珍しく人だかりができている。

中学校の剣術指南へ向かうところだった宗一郎《そういちろう》は、興を引かれ、輪の外で立ち止まった。

娘の手に虫眼鏡をかざす八卦見は、意外にも若い。宗一郎より幾つか年上程度、恐らくまだ二十代だろう。目鼻立ちの華やかな、唇を紅く染めれば女形でも似合いそうな、色香漂う男である。

そのハッとするような美貌の持ち主は、帽子もかぶらず袴も穿《は》かず、緩んだ襟から刺青《いれずみ》を覗かせ、手首には二重に巻いた黒い数珠。適当に結わえたくせ毛は、猫の尾のように伸び放題の有り様だ。

宗一郎は思わず、自分のシャツの釦《ぼたん》と袴の腰を確かめた。刀を振るう動きで崩れぬようにしっかと帯を締めるのは、自分の勝手な好みだ。しかし、あの八卦見は寝起きのまま表に出てきたようなだらしのなさ。

そのはだけた胸を、若い娘がちらちら眺めては、「あたし刺青なんて初めて見たわ、怖いわねぇ」「でも艶っぽくてちょっと素敵じゃない？」などと頬を染めて囀《さえず》り合っている。昼日中の往来に置いてはおけぬ、目に毒な風体だ。

「うんうん。今、とってもいい線が出ているよ。お相手の人柄も誠実で、食うに困ることもない。今度の縁談は、受けて吉だね」

八卦見は客の小指のふくらみを指でたどり、不必要なまでに顔を近づける。すると客も「そぉう？」と満更でもないように身をよじる。

頷いて男が浮かべた笑みは、いかにも己の見目の良さを知り尽くしているようである。彼は行李鞄《こうりかばん》を探ると、娘の鼻先に鈴の根付をぶら下げた。

「こいつはね、修験の行を修めたこの俺、旭左門《あさひさもん》サマが特別な氣《き》を込めたもんだ。お守りに肌身離さず持つといい。帯につけるのもお洒落だねェ。鑑定料と込み込みで、五十銭でいいよ」

「あたし、根付なんていらないわよ」

「なら未来の旦那の分もおまけしよう。合わせてぽっきり六十銭。天井一杯でにここ円満、幸せ一杯の結婚生活を送れるんなら、お安いもんじゃないの」

「そんなら、未来の旦那と天丼を食べたかったわよ」

娘は笑って財布を出し、野次馬も面白がって冷やかす。

宗一郎は眉をひそめて身を引いた。くだらぬものに時間を取られてしまった。毎回一分一秒違《たが》うことなく道場へ現れる師範を、生徒達が心配してしまう。

腰の木刀が周りに当たらぬように、足を後ろにずり下げれば、

「あらぁ、柳田《やなぎだ》先生！」

ちょうど真横に居た豆腐屋の細君が声を上げた。宗一郎は会釈をしたは良いが、それきり押し黙ってしまう。

彼女の息子に剣術を教えたのは、この地に至心館《ししんかん》を開いた父の方だ。宗一郎が道場を継いだ時に彼は門下から抜けたので、豆腐屋に「先生」と呼ばれるのは筋違い。毎度応えあぐねてしまう。

「まさか先生も占いをなさるんです？」

「いいえ。興味がありません」

無感情に返す宗一郎に、細君は「ですわよね」と笑い、そそくさ身を引く。すると周りも宗一郎に気付いて、これは、どうも、やぁなどと目を泳がせながら遠ざかってゆく。

——結果、八卦見との間に道が開けた。

「お次はあんたさん？　おやおや、活劇に出演しそうな凜々しき美剣士じゃ――、」

宗一郎が断る前に、相手の方が半端に言葉を止めた。八卦見は顎を撫でさすり、まじまじと宗一郎の顔を観察する。

「……参ったね。嫌なもんを見ちまった」

人が変わったように低く呻くと、斜めに視線を外す。宗一郎はむっと唇を結んだ。

「他人を眺め回してその態度とは、いささか無礼が過ぎないか」

父はご近所に愛される人だったが、皆、二代目の宗一郎には潮が引くように距離を取る。己がそういう嫌なもんらしいと自覚がある宗一郎は、痛む腹を突かれた気持ちで、ますます瞳が冷えてしまう。すると野次馬は慄《おのの》き、ますます遠のいてゆく。

「そんなら、ご無礼ついでに申し上げましょうかね」

男は立ち上がり、唐突に宗一郎の肩を摑んで引き寄せた。

「あんた、死相が出ているよ」

吹き込まれた声に、耳を押さえた。男は真顔で宗一郎を見つめている。

「何を云う」

風邪一つ引かぬ、すこぶる健康な身だ。日の出前の水垢離《みずごり》を日課とし、酒も呑まなければ日々の鍛錬も欠かさない暮らしを、歳と同じ二十三年ばかり。どこに死の影が迫る理由があろうか。

――だが。両親は急な病で、姉と自分を遺して突然に逝ってしまった。その夜を思い出すと、胸に黒い波が立つ。

「左門と云ったか。貴様、口が過ぎると身を亡《ほろ》ぼす事になるぞ。さしずめ行者だ八卦見だという身分も偽りの、何処ぞから流れ着いた破落戸《ごろつき》だろう。僕は至心館が主、柳田宗一郎だ。この辺りで胡散臭い押し売りまがいの商売など、黙ってはおれない」

「何処ぞから流れてきたのは本当だけど、見立ての方も本当なんだよねェ。俺の占いは、残念ながら一度として外れたことがない」

八卦見左門はへらへらと笑い、袂《たもと》から何かを抜き出した。それを宙へ放り上げると、奇術じみた鮮やかな手つきで、まとめて摑み取る。

開いた手の平には、小さな賽《さい》が三つ。

双六《すごろく》用の物と、他は占い用か、八面体に漢字が刻まれた見慣れぬ物だ。遠巻きになっていた観衆も、興味津々で顔を寄せてくる。

「『天風姤』の四爻《よんこう》。女難の卦だよ、センセイ。今日は行きずりの悪い女に引っ掛けられねぇよう、気を付けなすった方がいい」

「女難だと……!?」

「ちょっと占い師さん。妙な事を云うもんじゃないよ。柳田先生に限っちゃ、そんなの有り得ないんだよ。ねぇ、皆」

身を仰け反った宗一郎に代わり、豆腐屋の細君が左門の袖を引く。水を向けられたご近所達はおっかなびっくり宗一郎を盗み見て、ばらばらに首を頷けた。

「僕は剣に一生を捧げると決めた身だ。女難を案じるべきは貴様自身だろう。手相にかこつけて嫁入り前の娘をやたらと触り、さらには押し売りまがいの商売とは、何たるいかがわしさ、何たる軽佻《けいちょう》浮薄《ふはく》。そこの警察署に突き出してやろうか」

「へぇ。こりゃまた時代錯誤の、岩みたいに硬てェ頭の御仁だな。時は大正、命短し恋せよ乙女の時代だよ？　まぁいいや、今夜中はそのお硬い頭のまんま過ごすんだね。藪蛇《やぶへび》にならんうち、俺はここいらで退散しましょ」

左門は荷物を手早くまとめると、行李鞄と看板を小脇に、呼び止めた人力車へ乗り込んだ。

「近くてすまんけれど、近衛《このえ》邸の方面へ頼むよ。それでは皆さん、御達者で」

彼は片瞬きをして、宗一郎に何かを投げて寄こす。

あれよと云う間、男は旋風のように掻き消えた。

その痕跡は、ぬるんだ土に空いた椅子脚の穴ばかり。残された一同は啞然と互いを見つめ合う。

何を渡されたのか、宗一郎が手を開くと、鈴の根付が澄んだ音を立てた。金の鈴に紫の組紐がついた、簡単な物である。受け取る義理もない上に、そこいらに捨てて行く訳にもいかぬ。

しばらく立ち尽くしていた宗一郎は、鈴を懐に突っ込むと、中学校への道をのしのしと歩き出した。

（いよいよ生徒を待たせてしまう）

去り行く背中に感じるのは、ご近所達が向ける好奇の視線だ。背中に目が無いのを良い事に、「あの堅物先生が、本日中に女難に遭うらしいわよ」などと云々。

宗一郎はこれこそ災難だ、と独りごちて足を速める。

あの八卦見は、まさか近衛公爵家の客でもあるまいし、付近の新興住宅地あたりにツテがあるのだろうか。もしも次に会ったら、女難など当たらなかったと証明した上で、詐欺行為について説教してくれる。

（まったく、こんなにも胸に波が立つのはいつ以来か）

宗一郎は常の冷静を取り戻すべく、深々と息をつく。

果たして、体育の授業には間に合った。

しかし定刻に十分ばかり遅れてきた宗一郎に、生徒達は正座の足を痺れさせ、そのまま続いた稽古前の黙想のせいで、床から立ち上がれずに、手を突いて悶絶。可哀想に、まともな稽古にはならなかった。

※

「先生、本日もご指導をありがとうございました」

「お疲れ様でした。明後日の授業に、また来ます」

　立礼を交わして身を返す。

が、とたんに響いた重たい音に振り向くと、生徒達がくずおれている。慌てて立ち上がろうとしても、足が萎えてしまって、まるで生まれたばかりの子鹿の群れだ。

「……今日はゆっくり休んで下さい」

「有難うございます！」

　健気な子鹿達に暇を告げ、少々張り切りすぎてしまったかと反省しながら、黄昏《たそがれ》色に染まり変わった空の下を歩く。

　習慣のままに目白停車場方面へ大回りをし、山手電車の線路を眺めながら帰ろうとしたのだが。道の先、並木の向こうに駅舎の屋根が見えたところで、下駄を鳴らして足を止めた。

　昼、あの八卦見の居た現場が、すぐそこだ。

木刀を無心に振ってようやく静まった胸に、また微かな波が立つ。

(女難とは、この柳田宗一郎を相手に、如何にも馬鹿らしい事を云う)

女色に耽溺《たんでき》すれば己を滅ぼす。宗一郎は剣の道のみを行き、修養に明け暮らす日々だ。行き会った婦人と女難を案じる仲になどという事態が、起ころうはずもない。盗人や暴漢に襲われると予言された方がずっとマシだ。

息をつき、現場の手前で通りを折れた。

あの不逞《ふてい》の輩は既におらずとも、噂を聞きつけたご近所達が、〝柳田先生〟が女難に遭うのを目撃しようと、物見遊山に集まっていそうだ。見世物にされるのは御免である。

こちらの道は鬱蒼とした陰気な林を抜けるせいか、不人気で人通りがほとんどない。この先、神社と神社に挟まれた静かな一帯を下る坂は、子どもらに「オバケ坂」、あるいは「バッケ坂」などと呼ばれていて、柳田家も至心館も、まさにその坂の終点にあるのだ。

宗一郎が四《よ》ツ谷《や》からこの地に移って来たのは、尋常《じんじょう》小学校に入る前だったか。

姉はもう十を越えていたのに、「オバケの坂のお終いなんて、えらい所に住む事になったね」と身を震わせ、父に「久子《ひさこ》は怖がりだねぇ。オバケなんてものはこの世に無い。妙なものが見えたとしたら、それは怖いと思う心が生んだまやかしだよ」と笑われていた。

実は単に、すぐそこの妙正寺川沿いに延々と続く崖を、この辺りの言葉で「バッケ」と呼ぶから、「バッケから上がる坂」が、いつか「オバケ坂」になったのだとは、後で知った。

騒々しいのが苦手な宗一郎には、人の多い四ツ谷の町よりも、この大人しい村の方がずっと好ましかった。かつて幕府の禁猟地だった御禁止山《おとめやま》に建てられた武家屋敷など、名家の大屋敷が点在する他は、田畑と川と民家ばかり。商店は少なくても、電車で神楽坂《かぐらざか》や新宿の繁華街へも簡単に出られる。

程よく都会で程よく田舎。近頃は文化人が移住を始めていると聞くが、落ち着いた暮らしを望む者達が集まってくるのも、さもありなんだ。宗一郎も、ご近所との距離は縮まらないながらも、この村を愛している。

しかし自宅と道場は、四ツ谷の家とは比べようもない程に小さくなった。武家の血筋の柳田家だが、先祖の土地を手放さねばならなくなったのは、その侍の血ゆえ。

祖父が世話になったかつての同僚が、慣れない商売で家を傾けた。その世話を焼くうちに、気付けば柳田家の道場も家屋も借金の抵当に入り、とうとう屋敷に住めなくなった。父は家紋入りの鎧兜《よろいかぶと》や正絹の着物を三越デパートの即売会で売り払い、その金で、目白は落合の地に至心館を建てたのである。

ここでの暮らしも、当初は赤貧《せきひん》だった。

有り金を叩いて道場を開いたものの、近所で子に剣術をやらせたい家は無い。とは云え、剣術以外に商売にできるものも無し。父は頼もしく陽気な人だったから、「なぁに、そのうちそのうち」と笑い、そして本当にそのうち門弟を増やしてくれた。

初めは父と宗一郎、二人きりの稽古だったのが、庭を覗き込んできた子らに竹刀を持たせてその気にさせ、翌日には友を連れて来させ、一度剣を握ってみたかったという親まで巻き込んで――。

友達ができないタチの宗一郎は、正直、父と二人きりがいつまでも続けば良いのにと思っていたが、道場に人が増えるほどに、家族は笑顔が多くなる。となれば宗一郎にも云うべきことはなかった。

真冬の帰り道、凍えながら暗いバッケ坂を降りていくと、道場の蔀戸《しとみど》から漏れる光や、石油ランプの油臭い匂い、中から聞こえる門弟や家族の笑い声に、不思議と体が温もった。

今は両親は逝き、姉は品川の酒屋に嫁いで、どんなに寒い夜でも、坂の上から望む我が家は闇に沈んだまま。自分でランプに火を入れねばならない。

「そう云えば、石油の買い置きはまだ残っていただろうか」

宗一郎が柳田家に一人になってからは、隣の家の菊代《きくよ》が家事に通ってくれているが、彼女は随分と腰が曲がって、骨の折れる仕事はしないで下さいと頼んである。

明日は中学の授業が休みだ。午前の道場を終えたら、すぐ店に向かうか。

(菊代さんに、足りないものを聞いておかねば)

しかし下手に宗一郎が尋ねると、彼女は覚束ない足を引きずって買いに行ってしまう。自分がもう少しでも話術が得意だったならば、長年世話になっている彼女に余計な苦労をかけずに済むのだろう。あの八卦見ほど調子が良くなる必要はないとしても……と考えたとたん、だらしのない笑顔が、頭の中で「女難」と囁く。宗一郎はむっとして首を振った。

「修行が足りん」

些末な出来事にいつまでも囚われているのは、まさしく未熟の証拠ではないか。頭に漂う、無駄にきらきらしい面を一刀両断したところで、件のバッケ坂へ差し掛かった。

すると、坂の入り口に、ぽつねんと女が立っている。

薄闇に浮かび上がる、白い顔。

近づけば近づく程に、吹けば霞となって散り消えてしまいそうな、頼りない風情だ。バッケ坂のオバケ――と、肝の小さい人間なら腰を抜かしたかもしれない。

女は夫の帰りでも待っているのか、じっとこちらの方角を見つめている。

――女難の卦。

再び八卦見の声が蘇ったが、他人様に濡れ衣の視線を向けるのも無礼であろう。

会釈をして通り過ぎようとした、その時だ。

あ、と、女が細切れの声を漏らした。宗一郎はとっさに一歩戻り、倒れ込んできた体を、危ういところで受け止めた。

軽い。腕の中で項垂《うなだ》れた首は、血管が薄青く透けて見える。

「どうされました」

「……気分が、すこし……」

絞り出した声は、酷く掠れて弱々しい。

「それはいけません。……ええと、そうだ。茶でも飲みますか」

慎重に女をしゃがませて、竹の水筒を手渡した。女は頭を下げると、両手で竹筒を持ち上げて喉を潤す。

「ご親切を、ありがとうございます」

水筒を戻してきた女は、まだ桃割れの髷《まげ》を結っていても良さそうな、あどけない瞳で宗一郎を見上げた。しかし頬はげっそりとこけて、その不均衡のせいで歳の頃が分からない。これは病みやつれであろうか。

「もう暗くなって来ました。早くお帰りなさい」

「はい……。すみません、休んでから戻ります」

「歩けそうにありませんか」

女は弱々しく頷く。身を支えようと地べたに突いた手も、紙より白い。

「家はどちらです」

「すぐ、そこですわ。呉服問屋の三池《みいけ》の世話になっております、あけ乃《の》と申します」

「三池」

宗一郎は女――あけ乃の視線の先に目を移す。坂を下る道は、まさしく柳田家への道だが、苗字に聞き覚えすらない。怪訝《けげん》に思うが、病人にしつこく質《ただ》す訳にもいくまい。

「ちょうど僕もそちらへ帰るところです。送りましょう」

「重ねて申し訳ありません」

しゃがんで背中を向けてやると、あけ乃は遠慮がちに腕を回してきた。おぶい上げてみても、骨と肉が備わっているのかと疑いたくなるような軽さだ。

背中の案内に従って、宗一郎は急ぎ足で坂を下っていく。

柳田家を過ぎ、神社の通りに出る。妙正寺川沿いに連なる崖《バッケ》の手前まで歩くと、慎ましやかな二階建ての格子戸に、確かに「三池」の表札を見つけた。呉服問屋の邸宅には地味な門構えからして、その三池の妾宅《しょうたく》らしい。

めた。

（近所でも、まだまだ知らぬ事はあるものだ）

あけ乃を下ろそうとすると、首に巻き付いた冷たい腕が、力を入れてそれを押し留めた。

「まだ、立てそうにありませんの……。鍵は開いております」

「しかし、家の人が留守なのではありませんか」

すり硝子の向こうは暗く人気が無い。宗一郎は俗事にはとんと疎いが、女一人の家に若い男が上がりこむなど、道に外れている事は確かだ。まさしく女難の入り口ではないか。

「中まで運んで下さいませ」

「しかし」

「後生ですから」

懊悩《おうのう》した末、細い声で頼まれてしまってはと、仕方なしに引き戸を開けた。

中は懐かしいような間取りだ。通り土間の脇に六畳。暗がりの奥には布団の敷かれた四畳と階段が覗いている。万年床とはと驚いたが、やはり何かの病で畳む間もなく伏しているのだろう。

（だのに、そんな身で旦那の帰りを待って、外の風に吹き晒されていたとは）

なんといじらしい大和撫子《やまとなでしこ》よと感心はするが、首に回された腕の冷たさに、宗一郎は両親の最期に握りしめた、二人の手の感触を思い出してしまう。

「あけ乃さん。もう白露も間近、秋の最中です。調子が優れないのに、日が落ちてから外になど――」

説教しながら敷居を跨ぐと、唐突に、ぬるり、と泥に顔を突っ込んだような感触があった。

（なんだ、今のは）

思わず後ろを振り向いたが、あけ乃は動じた風もない。

「おっしゃるとおりですわ。すみません、そちらの座敷へ……」

「はい」

土間を行き、小さな体を座敷へ下ろした。自由になった手ですぐさま自分の頬を撫でてみるも、無論、泥などついていない。

今はもう何も感じないが、気のせいか。しかしやけに空気の澱んだ家だと、宗一郎は部屋を見回す。

あけ乃は囲炉裏《いろり》にずり這って、燠火《おきび》を付け木に移す。行燈《あんどん》に火が灯ると、横顔がますます白く浮き上がって見える。

背後に照らし出された桐の階段簞笥は、見るからに上等の品。奥の布団も分厚い綿の良い物に見えるが、灯りだけは未だに行燈とは、何かこだわりがあるのだろうか。

訝しさに思わず眺めてしまった宗一郎だが、我に返って頭を下げた。

「では、これにて」

「お茶をいれますわ。何の御礼もせずにお帰しするなんて」

「困ります。帰ります」

即答すれば、あけ乃の正気を疑うような視線が、宗一郎と布団の間を行き来した。

「……でも、主人はずっと帰りませんの。今夜も、当たり前に」

「そうですか。それならますます、外で待ち惚けはおやめなさい。全くの徒労、無駄骨ではないですか」

釘を刺し、これでもう安心とばかりに踵を返した。しかし引き戸に手をかけたところで、ふと動きを止める。木戸がぴったりと閉ざされている。

（僕はさっき、閉めたろうか）

そんな覚えはないが、ならばあけ乃が後ろ手に閉めていたのか。

ともかく戸を開け――、宗一郎は絶句した。

また、部屋の中だ。

それも今出て来た部屋と全く同じ、通り土間に六畳。そして奥に四畳。背後に残して来たはずのあけ乃が、宗一郎が向かう先の土間で、平然として鉄瓶《てつびん》に水を汲んでいる。

「な……っ!?」

首を後ろに向ければ、なぜか、今開けた戸が閉まっている。敷居の手前に立っていた足も、いつの間にか敷居を踏み越えているではないか。

「お茶をいれますわ。何の御礼もせずにお帰しするなんて」

あけ乃はさっきと同じことを云い、薄く微笑む。

風もないのに行燈の灯芯がジジッと音を立て、白い面を妖しく揺らめかせた。

※

何度戸を開けようとも、強制的に敷居を跨がされ、元の部屋に居る。裏の勝手口でも縁側でも同じだった。家中の出入り口で開けて閉めてを繰り返し、百度数えた宗一郎は、いよいよ腹が立ってきた。

「この家はどうなっている」

上《あ》がり框《がまち》にどさりと腰を下ろす。

「あっちこっちをうろうろと、おかしな方」

あけ乃は盆に載せた茶碗を、畳に滑らせて勧めてくる。目が合うと、唇を仄かに笑ませた。ついさっきまで歩くこともできなかった人が、やけに生き生きとしている。

「貴女はおかしいと思わないのですか。家から出られません」

「そこに戸がございますでしょ？　ますますおかしな方」

面白そうに笑われて、宗一郎は眉をひそめる。

そして返事のしようもなく、つるりと滑らかな茶碗に目を落とした。どこの焼物か見当もつかないが、母が特等の来客の時に恭しく棚から下ろしてきた、桐箱入りの茶碗に似ている。あけ乃の旦那用だと思うと、手が伸びない。

それに如何なる理由があろうとも、夫の帰りを待つ女から、留守に入り込んだ男がもてなしを受けてはならんだろう。あけ乃の為にも一刻も早く辞するべきと分かっているが、帰る手立てがないのは厄介だ。そもそも、現実にこんな事が起こるだろうか。随分前にいれていた茶が、まだ湯気を立てているのも奇妙だ。

「すぐにお暇します。お構いなく」

「ご遠慮なさらないで宜しいのに」

ひとまず落ち着こうと、自分の水筒をあおる。

宗一郎の喉仏が動くのを、あけ乃はじっと見つめている。

「僕は、悪い夢でも見ているのか」

宗一郎の呟きに、あけ乃が正座のままにじり寄ってきた。

「この世なんて、いつでも悪い夢のようなものですわ。今夜ここに貴方がおいでなのも、夢の中の出来事とお思いになって」

宗一郎の手の甲に、あけ乃の手が重なった。冷たい手だと見下ろすと、彼女は肩先にまで身を寄せている。

近すぎる距離で視線が絡むと、赤い唇が、ゆっくりと笑みを刻んでいく。甘い吐息が顎にかかった。

「……あけ乃さんは、手が白い」

宗一郎はぽつり呟いた。手首をそっと持ち上げると、握るだけで折れてしまいそうな細さだ。

「顔も、うなじも。さっき初めてお見かけした時から思っていましたが、まるで雪のような人です」

「まぁ」

宗一郎は摑んだその手を、彼女の膝へ、ぽんと戻し置いた。

「僕以外の人間が出くわしたら、きっとオバケだと腰を抜かしたでしょう。あんな所で待ち惚けは宜しくありません。体を悪くして、本当に雪のように消えてしまっても自業自得ですよ。自重なさい」

座敷がしんと静まり返った。

あけ乃はどうしたのか急に冷えた目になって身を引き、咳払いをする。

「咳が出てきましたか。いけませんね。囲炉裏で温まったらどうですか」

「なら、ご一緒に。そう、お正月のお餅がありますの。焼いて、一緒にいただきましょう」

「いいえ、結構です。しかし……」

まだ正月の餅を残しているとは驚きだ。夏を越した餅など既に食えるものではなかろう。

そうですかと残念そうに俯くあけ乃に、宗一郎は喉を鳴らした。

いつの間にやら、彼女はどてらを羽織っている。

格子戸の硝子も、宗一郎の吐く息も、急に白く霞んだ。手をやった木刀の柄頭《つかがしら》も冷たい。これは真冬の朝の手触りだ。

「待って下さい。本当にどうなっているのです。貴女はおかしいと思わないのですか」

さっきと同じ台詞で、だが差し迫った真剣さで、あけ乃に詰め寄った。すると鼻の先で、丸い瞳が細い三日月の形に歪む。

「なにも」

気圧されて、宗一郎は身を引いた。

下睫毛の生えた粘膜が、血の気のない薄い色だ。白目が潤んで、その粘膜を濡らしている。

視線を搦め捕られたままに見つめていると、彼女の白い輪郭や鼻の筋が、じんわりと闇に溶け出してゆく。しまいに濡れて光る黒目と赤い唇だけが残されて、目の前に浮かび上がった。

赤い色が近づいてくる。

ぬるい息が、宗一郎の唇にかすかに触れる。

黒い眼はまるで虚ろな穴だ。頭の芯がぼうっとして、視線ごと穴へ吸い込まれるようで——、

ちりん。


鈴の音に目を瞬いた。

あけ乃の腕が、懐に突っ込んだ根付に触れたのだ。八卦見が押し付けていった、あの。

奴の顔を思い出すなり腸《はらわた》が熱くなったが、それよりも、人妻の顔が睫毛の掠《かす》める距離にある。宗一郎が驚いて大きく瞬くのを、あけ乃は同じ距離から見つめ続けている。近い。なぜこんなにも近い。それに香か分からないが女の甘いにおいがする。

宗一郎はあけ乃から身を離し、よろめきながら立ち上がった。

往生際悪く玄関の戸を引いてみたが、向こうには、また同じ六畳と通り土間が続いているばかり。その座敷に座ったあけ乃が、宗一郎に笑み掛けてくる。

「駄目か」

このまま足掻いても、出て行く術が無いのは分かった。ならば、まずは心を静める事だ。

父の言によれば、有り得るはずの無いものが見えたなら、即ち己の未熟、修行不足。己の不安や揺らぎがまやかしとなって現れているだけであって、生じる根っこは、自分の心。木の節目や干された洗濯物に怯えるに同じだ。

この家から出られぬ不可思議も、不安に思うからこそ深みに嵌《はま》る。心の波を静めれば、そのような怪異は自ずと消滅するのである。

「あけ乃さん。座敷の隅を貸して下さい」

「寒くなってきましたから、ご無理なさらないで、こちらにどうぞ」

また時の流れが捻じれたのか、気付けば彼女は、奥の間で布団に入っている。二つ並べて敷かれた布団から、宗一郎は慌てて視線を逸らした。

旦那を待つ身の大和撫子が、まさか不貞を働こうなどと考えているのではあるまい。

(よっぽど親切な方だ)

たとえまやかしの世界と云えど、そのように過分な親切は、凍死したとて甘える訳にはいかぬ。

宗一郎は柱を背に場所を借り、しっかりと座り直す。膝の前に木刀を置くと、瞼を下ろして黙想に入った。

※

幾日経ったのか、実はまだ半刻と過ぎていないのか、それすらも分からない。

なにやら幸せそうに茶碗に飯を盛るあけ乃を、宗一郎は背筋を伸ばして座したまま、じっと眺めている。彼女がいつ飯を炊き始めたのか、いつ竈《かまど》に火を入れたのか、いつの間にどてらを脱いで単衣《ひとえ》になったのか、考えるのはやめた。ここが宗一郎の未熟が見せているまやかしの世界ならば、そんな事もあろう。

戸口のすり硝子は、今は夜明けの色だ。

「できましたよ」

あけ乃は漬物を添えた膳を差し出してくれた。

奮発したのか、麦の一分も交ざらぬ白い米粒は艶々として、殊《こと》の外《ほか》うまそうに見える。そう云えば現実の世では、夕飯を食い損なったままなのを思い出した。口は理性で引き結べども、腹の虫は勝手にぐうと鳴る。

「ご遠慮なさらずに」

「お気持ちはありがたいですが、無用です」

「なら、いつでも気の向かれた時に」

あけ乃は静かに微笑み、奥の方で繕い物を始めた。

炊き立ての米の甘い香りが、宗一郎の鼻を撫でる。まるで忍耐を試されているようだ。

疲れた頭と体で水筒の栓を抜きながら、不意に気付いた。

（――これはまさしく、障魔《しょうま》ではないのか？）

仏陀は修行を妨げる魔物に、再三誘惑されたと聞く。修行が進んでくると、人間を悪道に落とそうとする障魔が出現して、道を踏み外させようと仕掛けてくる。しかしその障魔に打ち克ってこそ、正しく道を究める事ができるのだ。

剣の道がこのまやかしで、宗一郎が女色と食欲に惑わされず、道を踏み外さずに耐え抜くか試しているのかもしれぬ。未熟ゆえに心より立ち現れたまやかしを、いかに克服して心を静めてみせるかと。

そうか。今こそ障魔を斬り払い、道の先へと行くべき時なのだ。

竹水筒をあおって、口を拭った。

「……ならば、負ける訳にはいくまい」

当て所なくふわふわと夢の中を漂うのは苦手だが、目標さえ定まれば、地に足が着き、ぼやけた頭も動きだす。

——そうだ。ここに入る時、泥をぬるりと潜ったような気がした。あれを斬り破れば、出られるかもしれない。

剣の道の問いに応えるは、剣の一撃。不安に波立つ己の心を、一息で薙ぎ、凪ぐ、気合いの一撃でなくてはならぬ。

宗一郎は木刀を手に、格子戸に立ちはだかった。

「他人様の家の内にて、刀を抜く無礼。木刀とはいえ、ご容赦」

あけ乃はちらりと視線を上げたが、針を動かす手に目を戻す。諒解《りようかい》を得たとばかり、宗一郎は戸を蹴り開け、足を踏み込むなり、

「うえい！」

一気呵成《いつきかせい》に刀を振り下ろす！

「どわっ⁉」

向かいから妙な悲鳴が響いた。切っ先が何かを掠める感触があったが、それよりも今の声は。

「あんた、いきなり何すんの！」

目の前に現れた男が、鼻先を押さえて飛び退いた。あの、良いのは顔立ちばかりの、

無礼で軽佻浮薄な八卦見、旭左門だ。

「当たったか」

「やっ、空気の圧がねっ、ヒュッて！」

「そうだろう。当たれば鼻の骨など粉砕だ」

「ひええ……」

しかし、なぜこの男がこの家に現れたかと考えれば——答えは一つだ。

「君が、あけ乃さんの旦那だったのか」

「ハァ?」

だが呉服問屋は旭でなく三池という苗字だった。その上この破落戸まがいの風体、どう見ても豪商の旦那には見えない。あえての酷い姿で身分を隠していたのか。

「若旦那が偽名を使って辻八卦とは、奇妙な道楽もあるものだ」

「何云ってんのよ。死相が出てた人間を放って置くのは、やっぱり寝覚めが悪ぃなって、わざわざ迎えに来てやったの。感謝してよね」

「あ、待ちたまえ！」

左門が入ってきたという事は、つまり今は外に繋がっているはずだ！

だが止める間もあらばこそ、彼の下駄は敷居を踏み越えてしまった。肩を押し退けて向こうを見やるが、続く景色は外通りではなく、散々見飽いた土間と座敷ばかり。

「馬鹿者……！」

思わずなじると、隣に立った優男は長い髪を掻き上げ、仕方なさそうに笑う。

「だってセンセイ、あんた敷居を何回踏み越えた？　百じゃ足らんでしょ。随分奥まで入って来ちゃったから、追いつくの大変だったんだよ。もうそんな簡単にゃ出られないって」

占い師らしい煙に巻く物云いをして、彼はあけ乃にひらりと手を振る。

「どうもぉ。お邪魔しますよー」

「どちら様でしょう」

「ちょいとお宅の旦那さんに、家の修繕を頼まれましてね。見て回っても構わないかい？」

「あら、そうでしたの。ならご自由に。茶菓子くらいは出させて下さいな」

「お気遣いなく」

左門は土間に下りてきたあけ乃に道を譲り、下駄を脱ぎ散らかして座敷に上がる。

そして本当に「三池」ではないのかと疑って眺めていた宗一郎を、ちょいちょいと手招きした。

「奥さん、この人を借りますよ。人手が足りないんでね」

「なぜ僕が」

「じゃあ、二階から回ってきますわ」

左門はさっそく階段を上がっていく。宗一郎は渋々後に続きながら、眉を寄せた。

「おい。君は修繕業者なのか八卦見なのか、一体何者なんだ」

「何者って、行者よ。修験道のね」

「山で天狗になる修行をしている者たちか」

「ええ？　だいぶ語弊があるけど、まァ何でもいいや。おまんまにありつく為なら、修繕業者でも修験行者でもなんでもやりますよ。それより――、」

狭い階段で首だけ振り向き、じろりと宗一郎を眺めてくる。

「あんた、なんでか知らんけど、まだ大丈夫そうだねェ？　時間が掛かっちゃったからさ、もう手遅れだろうなァって思ってたんだけど」

「なんの話だ」

左門は二階の奥の間を突っ切り、窓から下を覗き込む。更には勝手に納戸を開け、中を物色し始めた。まさか盗人ではあるまいなと、宗一郎は後ろに立って目を光らせる。

「飯の膳を出されてたでしょ。あれ、食べてないの？」

「無論」

「茶か水でも、何か飲んでもない？」

「無論だ。旦那のいない家で、人妻のもてなしを受ける訳にはいかんだろう」

左門はわざわざ振り向き、へぇえと目を大きくした。そして今度は声をひそめ、内緒話をするように顔を近づけてくる。

「寝てもいない？」

宗一郎は眉を撥ねる。

「心を静める為に黙想はしたが、ずっと起きていた」

「あー、そうじゃなくてね。同衾《どうきん》してない？　あの女と」

「なっ……！　無論だ！」

「へえええ、へええええ。あっそう！　じゃあ難しい事は何にもねぇよ。あれさえ見つけりゃ、すぐ出られる。すごいね奇跡だね！　偉い偉い、さすがはセンセイ、偉い御人だ」

肩をバンバンと叩かれて、宗一郎はその手を払い落とした。未だかつて一度だって、至心館の柳田宗一郎にこんな気安い真似をした人間はいない。

「君の云うことはさっぱり分からないが、このまやかしの世界は君にも見えているのだな？　まさか君までまやかしの一部ではあるまい」

左門は畳に胡坐《あぐら》をかき、まるで家の主人のように図々しく窓にもたれて、頬杖など突いた。

「そうさねェ。俺はまやかしではない。だがこの家は、〝氣生《けしょう》〟に歪められた、まやかしの世界で正解だ」

「ケショウ……？」

「女の子達のおしろいじゃないよ。〝氣より生まれる〟と書いて〝氣生〟だ」

「聞いた事がない」

「そうかい？　あんた剣道の先生なら、氣の巡りあたりの話は聞いた事があるだろう。云うなれば、氣とは、この世を動かす〝力〟の事だ。草も水も動物も人間も、万物は氣より生じ、氣の巡りによって育ち、滅び、また生まれ、永遠に流転を繰り返す。あんたや俺の体にも氣が巡り、それによって生かされ変化し続けている」

「その〝氣〟については、僕も知っている。剣の腕を磨くのと氣を練る事は、ほぼ同じと云って過言ではない。剣の一撃には充実した氣を乗せる。その氣が散漫では打撃は弱くなり、氣を練って高めれば、それが剣の強さとなる」

「そう。俺のような修験の者も、あんたのような剣士も、氣への感覚を人一倍鋭くして、上手く扱ってやろうとする専門家だ。手段は異なるがね」

「ふむ。うつけ者とばかり思っていたが、中々的を射た話をする」

うつけですけどねぇと、左門は怒るでもなく目尻に皺を寄せて笑った。

ふと気付けば、彼の明るい色の瞳が夕暮れに赤く染まっている。さっき朝だったはずの窓の空が、もう一日の終わりに向かっているのだ。

「君はさっき、この家を歪められた世界だと云った。時の流れが妙なのは、氣の巡りが乱れているがゆえだと？」

「うん、その通り。氣には陽氣と陰氣がある。明るく温かく、昇ろうとする氣。暗く冷たく、沈みゆく氣。性質が反対の氣が作用し合うからこそ、万物を動かす力が生まれるんだ。陽氣が増えれば強く流れ、陰氣が増えれば重たく沈む。朝が来て夜になる。夏が来て冬になる。しかしその氣の流れに異常が起こることがある。沈んで澱み、瘤《こぶ》を成した陰氣。勢いが良くなり過ぎて破裂した陽氣。そうした異常から生まれたものが〝氣生〟。俗に云う、怪異を成すオバケってことだ」

途端に話が胡散臭くなった。オバケと、宗一郎は口の中で呟く。

「あれも〝氣生〟、氣の異常から生まれたバケモノだよ」

左門が顎で指し示したのは、窓の下、庭先で洗濯物を取り込んでいるあけ乃ではないか。襦袢《じゅばん》を抱いた彼女は、視線に気付くと、こちらに微笑んで中へ戻っていく。

宗一郎も窓から頭を引っ込め、ふんと鼻を鳴らした。

「何を云う。あの人はとても気立ての良い方だ。出て行けなくなった僕を迷惑がるでもなく、茶ばかりか米まで炊いて、しきりにもてなそうとしてくれた」

「だからそれよ。それこそ氣生があんたを捕える手段なんだ。もしここの物を一口でも体に入れていたら、あんた、骨になったってこの家から出られなかったよ」

「君はやはり無礼な男だ。あくまであけ乃さんを人に害なすバケモノ扱いするつもりだな。あの人は、立ち寄らぬ旦那を一途に待つ身で、僕に親切に布団まで敷いてくれたのだぞ」

「布団？　そこまで据え膳されてても手ぇ出さなかったたって……。なんかあんた、すごいねぇ」

「て、手だと？　そんな事は当然だろう」

宗一郎は首の後ろを熱くして、窓からずり下がる。

「いいか、旭左門。君の云う氣生とやらは、ただの迷信だ。まやかしを生むのは己の心。僕ら三人は、それぞれ未熟ゆえに、偶然にも同じまやかしに囚われてしまっているのだ。心の波が静まれば、怪しき事も自ずと消えるだろう」

「……噓ォ。ここまでどっぷり怪異に浸かっといて、この期に及んで信じてくれない感じ？　あのね、この家から出る方法は、たった一つしか無いんだよ」

「なんだそれは」

「氣生とは、氣の巡りの異常によって生ずるもの。その異常は、大抵は誰かの思い入れのある品に凝り固まって宿ることが多い。それを氣生の〝正身《むざね》〟って呼ぶけどね。その正身の氣を散らして、元の氣の巡りに還せば、怪異は解きほぐれる。――つまり。

ここから出たいなら、正身を捜して、氣を散らしてやらにゃいかん」

宗一郎は眉間に力を入れて、左門の軽薄な顔面を見据える。

「氣生《オバケ》の拠り処を見つけて壊せと？　とうてい信じられる話ではない。そんなものは存在せん。あるとすれば、未熟な人間の心の内にだ」

「んああっ、時間がねぇのに七面倒臭ぇ男だなァ！　なんなの、脳みその代わりに岩かなんか入ってんの？　ちょっとは人の話を聴きなさいよ」

「入っていない。そして聴いている」

「ただ耳に通すのと、本当に聴いてんのは違うでしょうよ。……いいやもう、一人で捜そ」

左門はすっかり呆れ返った様子で、納戸から引っ張り出した箱を開けては戻し、開けては戻しの作業を始めた。

盗みを働くかもしれんと思うと、宗一郎も場を離れられない。仕方なく眺めていると、左門がぐうぅと情けない腹の音を響かせた。

「はーァ、あんたなんて放っておきゃ良かったよ。夕飯食い損なったまんまなんだよね。ちんたらやってたら、俺まで干乾びちまう」

おびただしい量の贈り物と見える箱を仰ぎ、左門はうんざりと息をつく。

「――そうだ。こういう話はどうかね。実は俺ァね、依頼されて来たの。旦那さんの方に」

「呉服問屋の三池に？」

「そうそう、その人。彼女をすっかり放って置いたもんで顔を出しづらいから、修繕業者のフリして忘れ物を取って来いって。家宝並みに大事な物で、本当に困ってるんだとさ」

宗一郎は眉間に皺を寄せる。当然、今考えて取って付けた嘘にしか聞こえない。だがそれが嘘ならば、この男は全くの善意から、危険な氣生《バケモノ》の領分に自ら分け入ってきた事になる。死相が出ていたと云う宗一郎を助ける為に。

（まさか、義理も何もない僕の為に、そんな善行を働くような男か？）

単に捜し物の依頼を受けて闖入《ちんにゅう》してきた方が、ずっと信じられる。

「困ってる人の捜し物を手伝ってあげるのは、むしろ剣の道だとかに適ってんでしょ。さあさ手伝ってよ」

「……分かった、協力しよう。何を捜せばいいんだ」

宗一郎が立ち上がると、左門はぶつぶつと思案しながら首を捻る。

「えーとね、金属製の丸いもの……、木の土台で支えられてるような？　だけど金は木を刻するから、土台の方は壊れているかもしれない」

「なんだって？」

「あー。たぶん〝鏡〟だな。鏡台に載せて使う、丸い手鏡？」

依頼された捜し物を語るのに、なぜ語尾が上がるのだ。再び疑念を深めて半眼になる宗一郎に、左門は空笑いで誤魔化し、自分も立ち上がった。


女人の家の持ち物を勝手に暴いていいものか。否、この家の主の頼みならば仕方ないのかと煩悶しながらも、納戸に収められている箱を一つ一つ確かめてゆく。

しかし手鏡らしき箱は見当たらない。

「おかしいなぁ、鏡じゃないのかな。『天風姤』は上卦が天、あるいは金、そして円。下卦は風、あるいは木。合ってると思うんだけど」

「君の云っていることはさっぱり分からん。あけ乃さんに直接尋ねてみればいいじゃないか。その旦那は気不味くとも、見つからないよりはマシだろう」

早速とばかり階下を覗き込んだ宗一郎を、左門は慌てて引っ張り戻す。

「あんた意外と短気だね!?　氣生に、お前の急所を捜してるんだなんて馬鹿正直に申し出て、あらそうですかハイどうぞなんて、出してくれる訳ないでしょ」

「――は？」

「ああ、いや……。占いでね、捜してる事に気付かれたら二度と出てこないってさ。だから駄目だよ」

じとりと見つめると、左門は疲れた顔で肩を竦めてみせる。

「しかしこっちの階にはなさそうだなァ。となると下か。なあ、センセイさんよ。俺が庭であの女の相手をしてるから、その間にあんたが捜してくれよ。階段箪笥があったろう。あれが一番怪しいかな」

「断る。まるで空き巣じゃないか」

「なら、センセイがお喋りで間を持たせてくれるのかい」

あけ乃が夢中になって、中に戻るのを忘れるようなお喋りを？　そんなのは考えるまでもないだろう。

「無理だ」

即答したところで、がらがらと雨戸を開ける音がした。

窓から首を出せば、あけ乃が下から「おはようございます」と笑みかけてくる。空は早朝に塗り替わり、白い陽射しが目に痛いほど眩しい。

「時間の流れが滅茶苦茶だと、気味が悪いな」

「妙だと思っていられる内が花さ。すっかり馴染んじまう前に、ここから出なけりゃね。この疲れ具合からすると、外じゃ一晩は徹夜している感じかねェ。腹が減っても喉が渇いても、なんにも口に入れられんのはしんどいな」

左門は顔を背けて空咳をする。

「下に、僕の水筒があるぞ」

「そうか！　そりゃありがたい。じゃあセンセイ、例の計画もしっかり頼んだよ」

にわかに元気付いた彼は、早速階段を降りていく。宗一郎も諦念交じりに続くが、段を降りきる前に、左門が足を止めた。

「君、邪魔だぞ」

「――やられた」

肩越しに顔を覗かせた宗一郎も、ごくりと喉を鳴らした。

縁側で、あけ乃が水筒を引っくり返し、中身を捨てている。

「時間の経ったお茶は体に良くありませんから。すぐ新しいのに入れ替えますわね。このくらいは、おもてなしには入りませんでしょ？　それに朝ご飯、職人さんもご一緒に召し上がっていって」

微笑んだ顔はいかにも親切だが、その瞳は鋭く光っている。さっきまでこの人はこんなに険のある顔をしていたろうか。あどけない丸い瞳は、今は吊り上がって見える。

「あちらさんも随分苛立ってきたな。中々あんたが一部になってくれないから」

忙しく土間を行き来するあけ乃を眺めながら、左門は苦々しく呟く。

「一部に？」

「さっきも云ったろ。あんたも俺もここの物を口にしたが最後、この家の虜さ。まぁ、信じないんだっけね」

左門は柱にトンと手を突き、手の平を滑らせながら縁側へ降りていく。

「おおい、あけ乃さん。雨戸の建付けを見るんで、ちょっと来てくれるかね」

「雨戸も、まだ傷んでませんよ」

割烹着の裾で手を拭いつつ、あけ乃がぱたぱたと前を横切っていく。二人は庭に降りて雨戸を立て始めた。日光が遮られ、部屋は途端に暗くなる。

(仕方あるまい)

覚悟を決めて階段簞笥へ首を向けた宗一郎は、全身を強張らせた。

視界の端、左門が手で撫でていった柱に、何かが突き出してくる。

人の――横顔？

目玉を剝き、歯を食いしばった男の顔だ。それが柱の木目を歪めて、ぬるぬると浮き上がってくる。

白眼が闇の中で光り、黒い点の眼は少しずつ動き、こちらを向こうとしている。

――だが。

宗一郎が木刀の柄に手を乗せた一瞬の間に、もう、跡形無くなっていた。

警戒しつつ近づいて、木肌を撫でて確かめる。ただの柱だ。何もない。

「……未熟ゆえの、まやかしだ」

宗一郎は誰にともなく呟いた。

※

箪笥の中段に、鏡を載せるための台を発見した。姉が同じような物を使っていたから間違いないだろう。だが折り畳み式の台の他は、簪《かんざし》や化粧品、細々とした物ばかりで、肝心の手鏡が見当たらない。

庭先までそれを伝えに行くと、左門はまた賽を投げて、「金氣《きんき》が水の下に沈んでいるな。……つまり、井戸の底か？」などと占う。

そうして――。これは一体何の因果か、宗一郎には理解し難い事態となった。

「なんで僕が、こんな真似をせねばならんのだ」

「ほらほら、さっさと行ってくれ。あの氣生が戻ってきちまうよ」

宗一郎が風呂に入りたいと云っている――とかなんとか、この男は息を吐くように嘘をつき、あけ乃を庭から遠ざけた。彼女は離れで風呂を沸かすのに一生懸命で、暫く戻って来ないだろう。

宗一郎は袴を脱いで着流し姿。釣瓶縄をたぐり、井戸底を目指している。

「僕じゃなく、君が井戸に下りればいいじゃないか」

「俺は賽より重てぇ物なんて持った事ないもの。降りたら上がって来られないよ」

井戸縁から覗き込む左門の顔も、既に遠く表情が見えない。これで笑っていたらますます腹が立ったろうから、見えなくて良かったかもしれぬ。

裸足の指先が、水に触れた。宗一郎はそのままずるずると手を滑らせ、膝まで浸かって、足先で水の中を探ってみる。しかし骨に凍みるほど冷たいばかりで、水底には届かない。

(ここまでして、手ぶらで戻るのも腹が立つ)

もろ肌脱ぎに肩から着物を下ろすと、大きく息を吸い、ざんぶと水に飛び込んだ。

こめかみがきんと痛む。暗くて何も見えないが、この水の感触はとてもまやかしとは思えない。何処から何処までがまやかしで、何処からが現実なのだろうか。

底に溜まった泥に腕を突っ込み、舞い上げぬように静かに探りながら、まるで自分の心に沈んだ澱《おり》を掻き回しているような気持ちになってくる。

そろそろ息が辛いと思ったところで、指の先が、何か硬い物に触れた。


「センセイ、戻って来い！」

水面に顔を出すなり、上から左門の焦った声が降ってきた。

引き揚げた獲物は真鍮《しんちゅう》の鏡だ。あの男、占いを外した事がないと豪語していたが、まさか本当に。

裏に細々とした模様が彫り込んである。井戸底に沈んでいたのに錆びている様子もないのは不思議だが、検分している間はなさそうだ。宗一郎は鏡を帯に挟むなり、縄を登り始めた。

「あったぞ。君、手くらい貸せ。人を使っておいて」

やっとこさ井戸縁に乗り上がった宗一郎は、背を向けたままの左門に文句をつける。ねぎらいもせぬ無礼者の肩を突こうとして、ぎょっとした。

首に、白い指が巻き付いている。

そして肩越しに、ちろり、赤い舌で唇を舐める女と目が合った。あけ乃だ。

「なにがあったのかしらァ」

声も目つきも尋常ではない。

左門はずるりと井戸を背にくずおれた。あけ乃は倒れた体を跨ぎ越え、宗一郎に詰め寄る。あっけに取られる隙に圧し掛かられて、一押しで井戸に真っ逆さまの体勢に持ち込まれてしまった。

瞳が蛇のように光っている。尖った爪がゆっくりと宗一郎の胸を引っ掻き下ろしていく。

んふふ。くぐもった笑いを漏らす唇の、ぬるい息が首にかかった。

「……センセ、逃げろ。それ、持って」

左門が地べたに腕を突いて起き上がろうとしている。生きていたかとホッとするも、あけ乃は更に身を乗り出してくる。宗一郎はかろうじて身を支えるが、女人を突き飛ばすような真似はと躊躇《ためら》ううちに、赤い唇がますます近づいてくる。

「おやめなさい。僕は三池ではない」

「あの人は、もう来ないもの」

宗一郎の鳩尾《みぞおち》まで辿った手が、急にぴたりと止まった。その指が、帯に挟んだ鏡に触れている。

「……この鏡は、三池の家宝と聞きました。これを持って行き、腹を割って話し合ってみてはどうです。叩き返してやるのも、胸がスッとするかもしれません」

宗一郎は肩を摑み、失礼、と力を込めて押し戻した。そして鏡をあけ乃に差し出す。

「何よりあけ乃さん。自分を大事になさい」

「駄目だってば！　センセイ馬鹿なの!?」

がばりと跳ね起きた左門が、心外な悲鳴を上げる。

「なぜだ。三池の不義理が元々の原因だろう」

唇を曲げて云い返すと、あけ乃が、ふふっと軽やかな声で笑った。ふふ、うふふ、と、段々その声が大きく強くなっていく。

「あけ乃さん？」

長い爪が乱暴に鏡を摑んで引っ張った。宗一郎は目に入ったものを疑う。鏡面に映り込んでいるのは、驚く顔の自分と、眼をひん剝き唇を頰まで切れ上がらせた、異形の般若《はんにゃ》だ。

「……優しい人ねェ。好きヨ、わたし、そういう人が好き。きっと、ずっとずうっと、一緒に居てくれるでしょう？」

「いいえ。僕は帰ります。菊代さんの夕飯を腐らせてしまう」

きっぱりと断るなり、鏡を引ったくられた。

小さなあけ乃の体が見る間に膨れ上がっていく。宗一郎は首を持ち上げ、いよいよ真上から影を落としてくる巨体に目を見張る。

まさしく、鬼女だ。

瞳は炯々と光り、歪んだ口からは四本の牙が突き出している。

「これは一体……！」

宗一郎は腰の木刀を摑もうとするが、そうだ、井戸に入る時に袴と一緒に置き去りにしたままだ。

「センセイ！」

左門が木刀を投げて寄越した。

「一緒に居てヨォォォ……！」

あけ乃であった姿は鬼に成り代わり、その大口で宗一郎に頭からかぶりつこうとする。ぬるい唾液がぼたぼたと額に落ち、構えた木刀を濡らして伝う。

「そうか。貴女自体が、まやかしであったか――！」

まこと恥ずべきことだが、宗一郎の女色を恐れる気持ちが、このま、や、か、し、の、女を生んだのであろう。つまりこれこそが、剣の道の先へゆく為、今斬り捨てねばならぬ障魔！

「斬るに躊躇う必要、なし！」

足を踏み込むと同時、宗一郎の木刀は向かう鬼の額を叩き割り、直線に腹まで斬り込んだ。

泥人形を潰すような重たい手応え。二つに裂けた体はどす黒い塊をぼたぼたと零して山を作り、そのまま地面に溶け沈んでゆく。

宗一郎は木刀の残滓《ざんし》を振り散らして腰へ戻した。その頃には、地面の土塊は濡れた跡を残して、もう完全に消えていた。

「……嘘でしょ。氣生ごと正身を叩き割るってさ……。こんな無茶苦茶な人間がいていいの」

左門は力なく膝を突いて、手鏡を拾った。

どうした事か、鏡は縦に真っ二つに割れている。真鍮の鏡が木刀で斬れるはずはないが、これもまやかしの名残りなのであろうか。

「僕は氣生なんてものは斬っていない。僕が斬ったのは、自分の弱き心だ」

「いやいや。あんた最強だよ。信じられん。なんなのホントに」

左門はむしろ今こそバケモノを目の当たりにしたような顔で、呆然と宗一郎を眺めた。


八卦見が「入った処から出るのが作法だ」と主張するので、庭から門ではなく、わざわざ玄関に回って格子戸を開けた。

すると、そこにきちんと朝焼けの輝く路地の景色がある。

本当にまやかしが晴れたのだ！

思わず左門と視線を交わした。外の空気はこんなにも美味かったかと、驚く程の爽やかさだ。

「僕らは丸一晩も、まやかしを見ていたのか」

「あーあ、えらい目に遭ったね」

左門は遠慮のない大欠伸《おおあくび》をする。そしてひょいと首を傾け、宗一郎を覗き込んできた。

「死相が消えているよ。良かったね」

昏の両端を持ち上げた左門は、素直に笑っている。善意に満ちた無邪気な笑顔だ。宗一郎は思わず眉を上げる。

「しかし腹減ったし喉渇いたし、最悪だよ。助けに行ってやった礼に、お茶と朝飯くらい御馳走してくんない？」

図々しい申し出に、宗一郎は半眼《はんがん》になる。

「なぜ僕が。君は三池の依頼でその鏡を取りに来たのだろう。僕は君に助けられた覚えはないぞ」

「………そーね。そんな話だったっけね」

左門はげっそりと項垂れる。

「こんな朝っぱらから人力車も拾えねぇだろうし、参ったな。丘の上までなんて行き倒れちまう。――あ、そうだ」

さっさと歩き始めた宗一郎だが、左門が小走りに追いかけてきた。

「センセイ。あんたさっき〝家宝の鏡〟を割っちゃっただろう。これじゃ俺が三池の旦那に怒られちまうなァ。その詫びと云っちゃなんだけど、やっぱり朝飯ぐらいは御馳走してくれてもいいんじゃないの。自分が壊したもんを、他の人間に謝らせに行って、礼も無しだなんてさ。道理を知る人間がすることじゃねぇよなァ」

ぺらぺらと良く回る舌だが、主張は的外れでもない。宗一郎は顎に手を添え、むうと考え込む。

「――それは確かにそうか。仕方ない、飯を出そう」

「ちょろっ！」

「ちょろいとは何だ。やはり無礼な男だな」

振り向いた宗一郎は、そのまま凍り付いた。

今しがた出てきたばかりの二階建てが――ない。建物が跡形なく消え、空き地になっている。代わりに一面のすすきが風に吹かれて踊っているではないか。

「……家ごとが、まやかしであったか」

「随分と年経た氣生だったようだね。あの氣生、旦那と同じ苗字を使ってたでしょう。お妾さんが戸籍に入れたのって、明治の最初の辺りまでじゃないっけね？　いや俺ァね、こういう相談受けることが多いもんだからさ。色恋のご縁は、兎角《とかく》こんがりやすいのよ。お妾さんだ隠し子だなんて、まァよくある話でさ」

聞いてもないのに語り出す八卦見に、宗一郎は眉をひそめる。煩《うるさ》い男は苦手だ。朝飯を食わせたら、すぐさま追い出そう。

「あんたたち、どっから来た人か知らんけど、そこは近づかない方がいいよ」

後ろからの声に、二人そろって首を向けた。

「――や、柳田先生でしたか！　これは気安く、すみません」

豆腐屋の倅《せがれ》だ。妾宅の向かいが豆腐屋の勝手口だったと気が付いて、宗一郎は赤面した。よりにもよって井戸の底を泳ぎ、頭からずぶ濡れの着流しで、袴は腕に抱えている。

珍しすぎる乱れた姿の宗一郎と、平然として元々乱れ、しかも袖を捲《まく》って刺青丸出しの左門。二人を見比べた豆腐屋は、二歩も三歩も後ずさる。細君といい倅といい、この一家は嫌なところを目撃してくる。

「ねェあんた、ここにあった家の事知ってるの？」

左門は人懐っこく倅に迫り、首を傾げた。

「ああ、ええ。有名なオバケ屋敷があったところで。柳田先生、俺達が子どもの頃は、まだ二階建てが残ってましたよね。夏の肝試しなんて、三池の鏡の井戸か、中野の天狗山かって相場が決まってて。うちなんてすぐ真裏だから、嫌なもんでしたけど」

「……はて。鏡の井戸」

思わず左門の懐からはみ出た鏡に目をやる。そのような相場は今初めて耳にした。

同じ道場で竹刀を振るった同世代といえど、宗一郎はこの倅と遊びに出た事はない。勿論、他の子らともだが。よって近所の噂話は姉経由でしか耳に入らず、今はその姉も居ない。

「うちの爺さんの話だと、三十年は前かな、三池って呉服問屋のお妾さんが、そこに住んでたんです。ここらじゃ考えられないような豪勢な暮らしをしてたらしいんですけどね。そのうち旦那が来なくなって、お給金も絶えちゃって。やつれて老けたせいだわ、鏡も見たくないって井戸に捨てたんだそうですよ。

その後は、三味線教室を開いたり、なんやかんややってみたそうですけど、うまくいかなくってね。夜な夜な近所の男を連れ込んで、小金をもらって食い繋いでたそうです。だけどそれも続かずに、とうとう、自分も井戸に身を投げたとか――。ほら、すすきの向こうに、井戸が隠れてるの見えます？　あの井戸ですよ」

倅は空き地の奥の、朽ちかけた井戸を指差す。恐らくそれは、今しがた宗一郎が頭を突っ込んできた井戸だ。

その妾が捨てた鏡というのは現実に存在し、今は左門の懐に収まっている。では、あの井戸の底には、鏡の他に、あけ乃の骨も沈んでいたと？

宗一郎はごくりと喉を鳴らす。

（僕の心が見せたまやかしではなかったのか？）

「以来、一人きりでこの通りをふらふらしている男は、女に袖を引かれる。連れて行かれた者は、誰一人戻って来ないって話ですよ」

「こら、なにやってんだい！　早く戻って来な！」

倅の背後、店から細君の声が轟いた。倅は首を竦め、「俺はオバケより母ちゃんの方が怖いですわ」と笑って、勝手口へ引っ込んでいった。

「ほら、もう信じるしかねぇだろ？　ありゃあ氣生だって」

「なるほど、合点がいった」

「な？」

得意げに頷く左門を残し、宗一郎は再び自宅へ歩き出す。さっさと着替えねば、またご近所にこの恥ずかしい有り様を見られてしまう。

「記憶にはないが、僕は姉から同じ話を聞いていたのだろう。それが頭のどこかに残っていて、恐れる気持ちが、あのようなまやかしとなって現れたということだ」

「はぁあ!?　なんでそうなるんだよ。それ変だろ。余所者の俺が、地元の人間しか知らねぇ話のまやかしを見たなんてさ。そもそもあんた、ちっとも怖がってねぇじゃねーの」

「煩い、大声を出すな。君だって、駅前に店を開いていた時にでも噂話を聞いていたんだろう？　更にそもそもで云うなら、さっきの豆腐屋の倅の話も、くだらぬ噂話に過ぎない」

「なんでだよ」

「『男が一人で歩いていると、女に袖を引かれる』『戻ってきた者は誰もいない』と云っていた。ならば、誰がその話を伝えたんだ。男は一人で、その様子を眺めていた人間はいない。戻ってこない人間には、話を語り伝える事などできない」

整然と諭してやると、左門は耳から耳に抜けるような、大きな息をついた。

「あんたの頭は岩どころか、四角四面の鉄だ、鉄！」

※

菊代お手製の菜と飯びつの中身は、腹を空かせた男二人によって瞬く間に消えた。

宗一郎が道場へ出る時に、図々しい輩は追い払ったはずなのだが――。朝稽古を終えて自宅に戻れば、なぜか奴が菊代と仲良くお喋りしていた。なんと出て行ったフリをして、他人の家で朝寝を決め込んでいたらしい。

「おー、センセイお帰りさん。あのねぇ、ランプ用の石油が切れそうだってよ。俺が買って来てやるよって話になったところでさ」

「…………なんで君が。菊代さん、僕が買って来ますから」

「宗一郎さんにお願いするなんて悪いですよ。やっぱり私が行って来るわね」

どっこらしょと腰を持ち上げる菊代を二人がかりで説得するうちに、なぜか二人で外へ出ることになってしまった。

「旭左門。僕は君をうちに置くつもりはないぞ」

「はいはい分かってますって。俺だって男二人一つ屋根の下なんて、ゾッとすらァ」

「こちらこそだ」

しかしすぐに遠慮する菊代が、初対面の素性も知れぬ男に気安く買い物を頼むとはどういう事なのか。そんなにも自分には物を頼みづらいのだろうかと、目が据わってしまう。

父が道場にいた頃は、ご近所に何かあれば「柳田先生、ちょっと弱っちゃって」と老若男女が垣根から顔を出し、相談に来たものだ。お蔭で稽古の休みの日まで柳田家は賑わっていた。

(僕はいつか、父のようになれるのだろうか)

そんな気は全くしない。思わず首が下を向く。

「何よ、落ち込んでんの」

「妙な事を云うな」

睨みつけて、はたと気付いた。近衛邸近くの新興住宅地へ向かうのなら上り方面、こちらは下りだ。すると左門は宗一郎の顰めた顔に、へらりと笑みを返してくる。

「買い物なんて付いていかねェよ？　俺のを買ってくれる訳でもなし。三池の旦那に鏡を届けに行こうと思ってね。さっきお菊さんに聞いたら、馬喰町《ばくろちょう》に三池の本邸があるって話でさ」

「……なるほど。問屋街か」

「お菊さんが若い頃の話だから、とっくに鬼籍《きせき》の人かも分からんがね。鏡の供養をさせんなら、三池本人が筋だろう」

「待て。君は、三池から家宝を取って来いと依頼を受けたんじゃないのか」

宗一郎が足を止めると、左門はぐうるりと黒目を一周回転させる。

「あ――……」

「そうでないのなら、断りもなく、他人様の家を家捜しした事になる」

「けどそれって、あんた風に云うなら〝未熟ゆえのまやかし〟の中でしょ？　問題ないない」

「ある。実際に鏡が井戸底にあった。僕は頼まれてもいない物を、勝手に運び出してしまったのか」

「どーでもいい事に真面目な奴だね」

宗一郎は足を止め、暫く黙考する。

「……仕方ない、僕も同行する。君が鏡を盗んで逃げないか、見届けねばならん」

「ええ、やだよォ。俺、あんたといると疲れんだよ」

「奇遇だな。僕もだ」

情けない顔で愚図《ぐず》る左門の耳を引っ張り、宗一郎は駅への道を歩き出した。

人力車を呼び止め、車夫に聞き込んで辿り着いた家は、妾宅持ちの呉服問屋の屋敷とは思えぬ、質素な平屋だった。三池はそこに本妻と二人きりで暮らしているらしい。玄関から出てきた奥方は威厳に満ちた老婦人で、大店を切り盛りしてきた人間の風格がある。彼女は身なりの怪しい左門に眉をひそめたが、宗一郎の丁寧な名乗りによって、危ういところで三池への面会を許してくれた。

出された茶は薄く、畳は毛羽立ち、天井には雨漏りの染み。かつての呉服問屋の、切ない暮らしぶりが窺われてしまう。

三池は骨と皮が残るばかりの、干し海老のような病人だった。丸めた布団に背を支えてもらい、やっとの事で半身を起こしている。来年迎えるという喜寿の前に、お迎えが来そうな様子である。

「あんたさん方が、まだ生まれてもない頃はね。ここいらは大きな呉服屋がずらありと並んで、そりゃあ賑やかだったんだよ。だけど鉄道があっちこっちに広がるようになってからは、銀座に客を持ってかれてね。残った問屋はあらかた商売に負けちまった。薄情なもんで、世話してやった人間も、落ちぶれたなりに会いに来なくなるものさ。私を訪ねてくるお客なんて久しぶりだよ。それもまさか、こんな懐かしいもんを持って来なさるとはねぇ」

膝に乗せた割れ鏡を、枯れ枝の指がたどたどしく撫でる。

「あの娘《こ》のあけ乃という名にかけて、朝日を彫ってもらったんだ。それに目出度《めでた》い鶴と亀とね。二人で図案をあれこれ考えたのも楽しかったねぇ。中々見事な仕事だろう？　しかし、末永い幸せを——なんて全然果たせなかったね。可哀想な事をしちまった。私の人生の、一番の後悔だよ」

老人は、朝日の下に鶴亀が這う細工をなぞりながら、ぽつぽつと昔話をしてくれた。

神楽坂の芸者だったあけ乃と出会ったのは、彼女がまだ十六の時。既に問屋街の斜陽は始まっていたが、娘ほど年の離れたあけ乃に本気で恋に落ちてしまって、別宅を建てて籍まで入れた。この鏡も、その時に身の回りの道具一式と共に作らせたものだ。

だが幸せな時間は短かった。折悪しく彼の大病と業績悪化が重なって、とても繋く通える状況ではなくなってしまったのだ。三池は奉公人にあけ乃の世話を頼もうと思ったが、若い男を遣いに出せば、あけ乃の心を奪われるかもしれない。どうしてもそんな気になれず、女の事は女こそ分かるものだろうと、本妻に彼女を託した。

「あんた正気かよ。本妻と妾なんて、仲良くできるもんじゃねぇよ」

「君」

胡坐に肘まで突いている左門を、宗一郎が横から睨む。三池は力なく笑った。

「そう、その通りだった。妻は何も悪くない。悪いのは全部私だよ」

店は火の車、大勢の奉公人を路頭に迷わせるかもしれぬ瀬戸際に、本妻は妾宅に金を届けなかった。三池は本店を残して支店をしまい、店の権利を奉公人ごと譲り渡して、借金を返済した。ようやく片がついた時には、別宅への通いの足を絶やしてから一年も過ぎていた。

心細い思いをさせた詫びのつもりで土産など買い込み、いそいそと目白へ向かった三池は、布団の中で変わり果てた、愛しい女を発見したのだ。

※

歩けない三池に「お気に入りだった鏡を見せてやっておくれ」と頼まれて、宗一郎と左門はあけ乃の墓を訪ねた。

三池家の墓の墓碑には、確かに「妾」として「清心慈明信女」とあけ乃の戒名が刻まれている。

豆腐屋から聞いた噂はやはりあくまで噂、彼女が井戸に身投げしたなんていう事実はなく、手厚く供養されていた。

左門は線香をあげて手を合わせ、鏡を墓前に供えた。

「でも豆腐屋の話じゃさ、このあけ乃さんって、三味線教室を開いたり、生きようと頑張ってたらしいじゃないの。鏡を井戸に捨てたのは、やつれて醜くなった自分なんて——って自棄《やけ》ではなかったと思うんだよね」

「と云うと？」

「むしろ、もう男なんていらねェや、あたし一人で生きてやるよ——って、決意の表れ？　俺はそんな気がするけどね」

宗一郎は左門と代わってしゃがみ、あけ乃に手を合わせた。

噂どおりに夜な夜な男を連れ込んでいたのなら、容色を気にして、まず鏡は捨てないか。もしかしたらだが、左門の言が正しいのかもしれない。この男、たまに意外と聡《さと》いことを云う。

しんみりとした気持ちで寺を後にして、また鏡を三池に返しに向かった。

「だがなぜ、持ち主の墓に納めてやらないのだろうか」

「野暮天だなァ。先祖代々の墓にお妾さんの持ち物を入れるのは、本妻さんが嫌がるでしょう」

「……そんなものか。骨は既に入っているのに？」

「それも嫌だろうよ、勿論」

宗一郎には女心は分からない。至心館を続ける為にはいずれ跡継ぎが必要だが、近々に所帯を構える予定もないし、いつか女心の機微に気付けるようになる日が来るとも思えない。自分が妻に対して三池のような取り返しのつかない失敗をしでかしそうだと胃の底が重たくなるが、少なくとも守るべき人ができたなら、他の婦人に目を向ける事はしないだろうとは思う。

「僕はオバケなんてものは信じない。だが、彼女が手厚く供養されていることは、ご近所にも広く伝わると良いな。そうすれば妙な噂も消えるだろう」

「どうかね。恨みが強けりゃ、供養してもしきれなかろう。それに俺は、元寄りあれをあけ乃当人だなんて云ってないよ。ありゃあ多分、周りから見た〝三池あけ乃〟のかたまりだった」

「……意味が分からん」

左門は通りすがりの民家からガマズミの実を一つ二つ摘み、勝手に口に入れている。

宗一郎は呆れて目を逸らす。

「昨夜《ゆうべ》あんたに、氣の話をしたね」

「氣の巡りの異常から、氣生とやらが生まれると云う奴か？　信じはしないが」

しっかり断りを入れると、左門は「ひたすら硬ェ鉄頭だよ」と笑う。

「その氣はどこを巡るかってぇとね、縁の糸だ。ご縁がありますようにってのの、その縁だね。縁とは、万物を繋ぎ合わせる氣の糸だ」

　左門は手の平に弄んでいた赤い実を、宗一郎に放って寄越す。他人様の家の物をと思ったが、路端に捨ててしまうのも勿体無い。迷った挙句に口に入れると、甘酸っぱい香りが鼻に抜けた。不意に幼い頃の姉の顔が浮かんできたのは、彼女がよく飯事遊《ままごと》びに摘んでいたからか。

　黙ってしまった宗一郎に、左門は目尻に皺を作って笑った。

「あんたとガマズミは、今ご縁の糸で結ばれた。その実からもらった氣が、あんたの体に流れ込む。そのガマズミも、植えた人間と、降り落ちてきた雨と、根を張る土と耕す蚯蚓《みみず》と、あらゆる縁によって形を創られ、あそこに実として生っていた訳だ。

　つまり、この世の全ては縁の糸で編み上げられている。縁の糸は、万物に氣を巡らせる血管だ。物を食うのも、人と会うのも、この道を歩くことでさえ、大なり小なりの縁結び――ってね」

「……ふむ。分からんでもない。剣を構えて相手に向かう時、確かに互いに氣を伝え合う感覚がある」

「うん。それが結縁だ。けどね、意識しているにせよ、していないにせよ、その縁の糸から送り付けられた氣が、思いもよらぬ事態を起こすことがある」

　左門はちらり、元来た道の寺を振り返り、珍しく何か考え込むような瞳をした。

「どうした」

「いンや。ほら、豆腐屋やあの近所は、三池の別宅を〝バケモノが男の袖を引く家〟だと信じてただろう。そういう目で見ていれば、自ずとそういう氣が溜まっていくんだよ。〝不遇の死を遂げたお妾さんは、きっとあんなだっただろう、こんな無念を抱えてるだろう、なら、こんな風に恨みを晴らすに違いねェ〟ってね」

左門の声を耳に拾いながら、宗一郎はあの家の井戸端で襲い掛かってきたまやかしの、般若の形相を思い浮かべる。

なるほど、女の恨みを絵に描けと云われれば、ああした顔が浮かんでくるかもしれない。

「要するに、真実を知らぬ人間達の勝手な思い込みこそが、氣生として形になっていたと云う事か。あけ乃本人の魂は、あの場には居ないのに」

「そう！　そういう事だよセンセイ。やっと分かってくれたかい」

「分かると信じるは、全く別だ」

間抜けた顔で立ち止まった左門は、ハーッと大袈裟に空を仰ぐ。

通行人が驚いて見返るものだから、宗一郎は歩調が速くなる。左門が追いかけて来るのを邪険に無視するうちに、ようやく三池の本宅へ到着した。

再び三池に鏡を返してくると、人任せにしていた左門が、なんと玄関で本妻の背を気安く叩き、口説いている最中ではないか。

「お鶴さんみたいなしっかりした御仁は、苦労も多かったろうね。旦那の体ばっかりじゃなくて、たまには自分こそ大事にしてやんなさいな」

「若造に何が分かりますか。余計なお世話ですよ」

宗一郎が口を挟む前に、老婦人は自らぴしゃりと軟派男を撃退してくれた。


あの出られない家の中で、あけ乃には徹底して距離を取っていた左門は、一歩表へ出れば軽佻浮薄の権化。

この男の主張どおりに、あらゆる行為によって万物と氣の糸が繋がると云うのなら、袖振り合うもどころか、共にまやかしの家に閉じ込められている間に、宗一郎とも縁が結ばれているはずだ。まさに朱に交われば赤くなるの原理で軽佻浮薄が流れ込んできそうだと、宗一郎は無意味と知りながらも距離を取る。すると左門は隣に追いついてきて、心を読んだようにニヤリと笑った。

「センセイの硬ぇ頭も、俺と一緒に居て、ちょっとは柔らかくなったかね」

「ならん。君との縁はこれきりだ」

「俺もそう願いたいや。――あんた、死相が消えたとは云え、まだしばらく気を付けな。死に近い人間に触れた後は、うっかり縁の糸を引っ張られる事があるからね」

宗一郎は眉を上げ、腑抜けた顔をまじまじと見つめる。

「死に近い？　三池の事か」

「センセイならあの悪縁、斬ってやれたかなァ。……いや無理だよねぇ。あそこまで年月かけて成りきっちゃった般若は、今さら後戻りできない。随分と濃い死臭だったし、このまま堕ちちまうかな」

八卦見は妙に哀しげに、不可解なことを呟いた。

※

平穏な日々の繰り返しが、宗一郎のもとに戻ってきてくれた。家の敷居を延々と踏み越え続ける事もなく、八卦見のおかしな空事を聞かされる事もない。

あの日は石油を買い忘れて帰宅してしまい、菊代に大笑いされて、気不味い事この上なかったが、柳田家に笑い声が響いたのは幾年ぶりかと、なんだか懐かしいような気持ちだった。

「そうだわ宗一郎さん。先週、三池さんのお宅に行かれたんでしょう」

「はい」

台所に向かう菊代に、脚立に乗ってランプを外そうとしていた宗一郎は、伸ばした手を止めた。

「あそこ、おとつい大変だったらしいですよ。新聞にまで載っちゃって」

「何かありましたか」

「本妻さんが、旦那さんの首を絞めたんですって」

「えっ」

　宗一郎は脚立から足を滑らせて、見事に尻もちをついた。死が近いだとか死相だとか云っていた、あの八卦見の顔が蘇る。

「やだ、大丈夫ですか」

　オタオタと駆けつけようとする菊代を手で制し、宗一郎は腰を撫でつつ立ち上がった。何という間抜けだ。まだ心臓が波打っている。

「では三池は亡くなりましたか」

「生きてます生きてます。揉める声が届いて、隣の家の人が間に入ったそうですよ。あすこの旦那さん、病気であんまり先が長くもなさそうでしょう？　だから本妻さんがね、自分の手でお妾さんを墓から片してくれって頼んだそうなんですよ。旦那《あなた》は良くても、自分も同じ墓に入るのは我慢できないって。

　だけど旦那さんは辛抱しろとか云ったらしいのよ。そしたら奥さん、じゃあああんな骨はそこらに撒いてやるって、大喧嘩。カッとなって、首を、こうね」

　大根に指を回してみせる菊代の手つきに、宗一郎は背筋を冷たくする。

「……墓の問題など、夫殺しなんて罪を犯すほどの事でしょうか。あけ乃さんの方が先に墓に入って、もう何十年も経つのですから、後から入る本妻の方が遠慮すべきではありませんか」

そもそもその本妻は、間接的に彼女が亡くなる原因となったのだ。罪滅ぼしに墓くらい譲るのが筋だろうと考えてしまう。

「宗一郎さんったら、先着順なんて話じゃありませんよ。あの世でまで二番さんに気を遣わされるのなんて、女の身としちゃ、そりゃ地獄ですよ。私は本妻さんの肩を持ちたくなりますけどね。彼女は事件を起こしたあと姿を消しちゃって、捜索してるとこだそうですよ。思い詰めて、妙な事をしてなけりゃいいですけどねぇ」

菊代は息をつき、大根の首にすぱんと包丁を入れる。宗一郎も脚立に戻り、今度こそランプを下ろした。無心に火屋《ほや》を拭いていて、ふと引っ掛かる。

（そういえば、件の井戸は家の奥庭にあったな）

空き地になった今は、すすきの穂波の向こうにちらりと見えたが、建物があった時代は外の通りから覗ける位置ではないだろう。

なのに、誰が「あけ乃が井戸に鏡を捨てる」ところを見ていたのか。

（……まさか、本妻の生霊？）

真鍮の傘の表面に、宗一郎の顔が映り込んでいる。

出られない家であけ乃かに鏡を返そうとした時、般若の形相が鏡に映り込んだ。左門はあれを、周囲の人間達の〝思い込みの氣〟が凝ったものだと説明していたが。そこには、妾を恨む本妻の氣も混じっていたのではないか。

ならば左門が〝年月かけて成りきった般若〟と云い、濃い死臭を漂わせていたと云うのは――。

宗一郎はぶるりと頭を振った。

あの八卦見に毒され過ぎだ。氣生など未熟ゆえに見えるあやかし。過去に起こった事もおとついの件も、ただ情の擦れ違いが起こした不幸な事件以外のなんでもない。

「菊代さん。僕はそろそろ、中学校へ行って参ります」

「はぁい、お気をつけて。お菜はいつも通りに蠅帳の中ですからね」

「ありがとうございます。掃除も水汲みも僕がやるので、菊代さんはしないで下さい」

「はぁーい」

ちゃんと耳に届いているのかいないのか、菊代は雑巾を手に庭へ下りていく。

宗一郎は念入りに洗った竹水筒に茶を入れて荷物をまとめ、腰には木刀を挿した。

雑念を払うには、ひたすら刀を振るう事だ。今日はとことんまで打ち込み稽古と決めた。

気合いと共に中学への道を行くと――、

「うわっ」

向かいから走ってきた人力車の上から、この間聞いたばかりの、二度と聞くつもりのなかった声が、慌てた悲鳴を上げた。宗一郎も思わず顔を上げてしまって後悔する。

人力車の天蓋の下で、だらしのない着流しの長髪男が、断髪の婀娜《あだ》な雰囲気の女と手を絡め合っている。

「君はまた昼日中の往来で、いかがわしい人間だな」

「手ぇ繋いだぐらいじゃ、いかがわしくねェよ。しかし会いたくもねぇのにこんなしょっちゅう出くわすなんて、俺達はどうやら腐れ縁の糸で結ばれちまったかね」

「御免被る」

「俺もだよ。車夫さん、出してくれるかい。じゃあね、鉄頭センセイ」

あいよと応えた車夫が、支木をうんせと押し込んで、脇を通りすぎていく。

砂埃を巻き上げながら回転する車輪が、カラカラと、まるで八卦見の頭の中のような音を立て、遠ざかっていった。

第二話　地来復

柳田宗一郎の毎日は、鹿威《ししおど》しの拍子のように規則正しい。

夜明け前に目が覚め、冷え込んできた秋の朝にも、布団から出るのを一瞬たりとも迷わない。まず仏壇に手を合わせると、井戸に向かって水垢離をして、一日の始まりに気合いを入れる。

水瓶を満たす仕事を終えれば、家と道場を拭き清め、飯が炊けるのを土間で待ちながら木刀の素振り、菊代お手製の漬物で山盛りの麦飯を食い、昼用の握り飯を作って道場へ出る。

中学校の授業が無い日は、陽が落ちるまで稽古だ。満足すると銭湯まで歩いて行って汗を流すのだが、宗一郎が湯船につかると、それまで賑やかに会話を楽しんでいた人達も、皆なぜか背筋を伸ばして沈黙してしまう。まるで宗一郎が入って出て行くまでを黙想の時間と心得ているかのようである。

そのような訳で誰と言葉を交わすでもなく帰宅し、菊代が作り置いてくれた菜と味噌汁で腹をくちくして、静かな一日の幕を下ろす。

静謐《せいひつ》な時の中、ひたすらに剣の腕を磨き一歩一歩と歩み続ける日々だ。今日もまた同じ修養の一日が始まる――はずだった。

しかし、道場に人の気配がある。盗人かと木刀を構えて戸を蹴り開けた宗一郎は、ハッと目を見張った。

「勇《いさむ》さんじゃありませんか」

「おう。宗さんは相変わらず時間通りだな。頭ン中に時計でも入ってるんじゃないかね」

「いいえ。そんな物は入っていません」

四角四面に答えた宗一郎に、勇はごま塩頭をガリガリと掻き、「本当に相変わらずだよ」と陽気に歯を見せて笑った。

彼は夏の入りに転んで足首の骨を折って以来、ずっと姿を現していなかった門弟、それも目白至心館の創立当初からの古株だ。

父の時代には、門下生の名札が道場の壁に二段になってずらりと並んでいた。師範の父の後、一番弟子の江島《えしま》、宗一郎を挟んで、その後に勇。

朗らかに良く笑う父と、寡黙でどっしり構えた江島。豪快でやんちゃな勇。彼らは道場の外でも仲が良く、遊びに繰り出すのもその三人だった。

そういえば宗一郎が下の名前で呼ぶのは勇だけだし、宗一郎を「宗さん」と呼ぶのも、家族を除けば彼だけだ。不愛想で可愛げのない子どもだった宗一郎にも、気安く声を掛け続けてくれた、希少な人なのだ。

今、壁の門下生木札には「師範　柳田宗一郎」の後にすぐ「木村《きむら》勇」と名札が掛かっている。他は札のない折れ釘だけが残された、寂しい有り様で——、つまりこの木村勇が、現在の至心館、最後の門弟という事になる。

だがそろそろ勇の名札も外さねば未練がましいかと思っていたところなのだ。

「足首の具合は、もう大丈夫なのですか」

宗一郎は心底嬉しい気持ちで勇に歩み寄る。彼は痛めた右足首をぐるぐる回して見せてくれた。

「こんなの何て事ないんだよ。なのにカミさんが、また怪我でもして大工の足取りが覚束なくなったらどうするの、せめて木村組の棟梁を譲ってからになさいな、なんて煩くてね。中々来させてもらえなかったんだ。老人から生きがいを奪わんでほしいもんだよ」

「そうでしたか」

勇の木村組には、至心館も自宅も建ててもらった。どちらも築十数年、何の不満も出てこない良い建物だ。道場の床板の下に大壺を埋めたのは勇の思い付きで、音が気持ち良く響くのだと。

早速素振りの準備運動を始めた二人は、互いに視線を交わして頷いた。久方ぶりに隣に響く自分のもの以外の刀音は、尚更耳に心地よい。

——だが。

素振りを始めて五分と経たないうちに、宗一郎は木刀を振るう腕を下ろした。そして勇の素振りをじっと観察する。勇は唇の端を持ち上げた。

「どうだい、俺もまだまだ捨てたもんじゃないだろう」

右足から踏み込み、左足を引きつけて、前、後、前、後。足さばきに合わせて木刀を振りかぶり、振り下ろす。刀は空気を斬って重たく唸る。還暦を迎えたとは思えぬ、勇らしい冴えた動きだ。しかし、宗一郎はその切っ先に視線を貼りつけた。

「勇さん。刃筋がぶれていますよ」

「まぁ、ちょっとはナマってるかもしれないよ。なにせ半年も休んじまったからね。だけど一からやり直すつもりで来たんだから」

木刀は真剣とほぼ同じ重さ、しかも手の力を鍛えるために太く作ってある。その重量は無論の事、足にまで伝わる。勇の怪我は足首の外側、小指に繋がる骨だと聞いている。その足の踏み込みが弱いせいで、左からの力に負けて切っ先が揺らいでしまうのだ。

大工現場の彼は屋根の上でひょいひょいと軽妙に跳ね回り、組太刀では瞬く間に相手の懐に飛び込んで面を取る。その身軽さを、父はいつも〝天狗の足さばき〟と褒めていた。

(逆に、もしまた骨をおかしくしてしまえば、大工の仕事を続けるのも難しくなるのではないか?)

彼は木村組の大黒柱だ。細君が心配するのも無理はない。菊代も一度転んで腰を打ってから、急に歩きが不確かになってしまった。歳を取れば骨の治りが鈍くなる。また折ってしまえば、取り返しの付かぬことになるやもしれぬ。

宗一郎は素振りを続ける勇から視線を外し、隅に括り置いてある竹刀の束に目をやった。至心館でも打ち込み稽古で竹刀を使うが、これまで素振りは何十年と木刀でしてきた人に、これからは竹刀でどうですかと勧めるのは、誇りを傷つけやしないだろうか。

「なぁ宗さん。俺はむしろ、これからが本番って思ってるんだ」

宗一郎は彼に首を戻す。

「――いいえ。もうご無理なようです」

勇は正面を向いたまま、目を見開いた。

宗一郎はそんな彼を見つめ続ける。

そのうち足が止まり、木刀を振りかぶった手もゆっくりと下りていく。錆びた鉄のような動きで宗一郎を見た顔は、一番恐れていたものがいよいよ目の前に現れたかという、蒼い色だ。

父ならば何か心をふんわりと包むような事を云えたのだろうが、宗一郎は言葉になりきらない苦い物が喉に張り付くばかりで、ただ突っ立っているだけの木偶《でく》の坊になってしまった。

「……剣が好きなんだよ」

「はい」

「びゅん、びゅんって音が、小気味よくってさ。木刀の重たいのも、腕から骨までビィンと、体の芯に活を入れてもらってる気がしてね」

「はい」

「他流試合も好きだよ。勝つか負けるか皆で夢中になって。帰りは神楽坂あたりで皆で呑んで帰って。ああいうの、またやりたいね。人を集めなきゃならんけど」

「はい。ですが、勇さんは、もう無理をされない方がいいでしょう」

宗一郎は目を逸らしてはならないとばかり、真っ直ぐに見つめる。

勇の青褪めた顔が、今度はみるみる赤くなっていく。何か云おうとする唇は、傍目に分かるほど大きく震えた。道場の子どもらの悪戯が過ぎて、勇の雷が落ちる事はままあった。幼い頃の豆腐屋の倅が「蛸入道《たこにゅうどう》」と囃《はや》し立てた声が、耳の裏に蘇る。

しかし今の彼は噴火せず、瞠目《どうもく》の後で、溜息と共に怒りを吐き出した。

「……うん。そうだな、そうだよな」

肩を下げた彼は、この一瞬で、十も老いたように見える。

「云い辛い事を云わせて悪かったね、宗さん。実はカミさんにもな、『道場に行くなんて、先生に嫌な顔をされるだけだよ』って止められてたんだ」

「僕は嫌な顔などしていません」

できる事なら、勇にはずっとここに居続けてほしい。大事な兄弟子であり最後の門下だ。宗一郎が頼めば彼はきっとそうしてくれる。しかし剣道のせいで彼が天職を失う事になれば、後悔するに違いない。彼は剣士だが、その前に大工なのだ。

「うん、大丈夫。分かってるよ」

勇は笑って、宗一郎の肩を叩いた。

何も分かってもらえている気がしない。だのに宗一郎には父のような柔らかな言葉は何も見つけられない。

勇は木刀を布に包んで片付けると、門下生の木札の前へ立つ。

そして自分の手で、自分の札を外した。

「柳田先生。長い事、お世話になりました」

何十年ぶりに現れた壁は、札の形に新築の色が残っていた。

※

最後の門下生が居なくなった。

道場を畳むつもりはないが、師範しか名札のない壁の寒々しさよ。

バッケ坂を上り、曲がって見えなくなるところで、勇は一度こちらを振り向いた。

「また遊びに来るよ」と笑っていたのに、深々と頭を下げるその挨拶は、まるで今生の別れを告げるようだった。

宗一郎は唇を引き結び、刀を丸木の打ち込み台に叩き付ける。手首の骨までじんと痺れるも、すぐに返してもう一撃。弾け飛んだ破片が、宗一郎の頬を掠めた。

父が亡くなった時、宗一郎は十六歳。免許皆伝の身ではあれど、看板を背負うには若すぎた。誰もが一番弟子の江島が、宗一郎が相応しくなるまでの中継ぎをしてくれるだろうと思っていた。

だが四十九日を済ませるなりに、江島は「田舎に帰って農業をやるつもりです」と手紙を残して、消えてしまったのだ。では次は勇が——となってくれれば良かったが、彼は大工の棟梁としてまだまだ現役だ。他の年上の弟子達も道場を背負って立つ余裕はなかった。

十六と云えば、武士の世なら元服の歳。宗一郎は覚悟を決めて至心館の師範の位置に自分の名札を掛けた。

しかし、父の朗らかな人となりに惹かれて集まっていた門下生達は、元々剣道自体に深い思い入れがあった訳でない。師範がまだ大人に成り切らぬような青年で、しかも逐一融通の利かぬ、歯に布着せられぬ質《たち》となれば、面白くなくなるのも必然。ボロボロと櫛の歯の欠けるように名札が外れてゆき、ついに宗一郎と勇のみとなってしまった。

江島が姿を消した朝、勇は蛸入道の顔で怒ってくれた。その蛸入道が、今日は怒りを悲しみに変え、鎮火してしまった。いっそ怒ってもらいたかったなどと、詮方《せんかた》ない考えを、また木刀で斬り散らす。

滴る汗が顎先から落ちた。

どれだけ刀を振るっても、心にせめぎ寄せる黒い波は一向に静まらない。

手の甲で乱暴に汗を拭い、再び腕を振り上げようとするが、刀を取り落としてしまった。気付けば全身に痺れが走っている。夢中になりすぎた。これでは自分まで体を壊しかねない。

拾った刀を床に立て、柄頭に額を押し付ける。

荒れた息を繰り返しながら瞼を下ろすと、賑やかだった頃の門下生の声が響いてくる。一つに揃った涼しい刃音。庭の子ども達のきゃあきゃあと高い声。母と姉が差し入れにふかし芋など運んで来れば、皆一斉に飛びついた。

少年時代の宗一郎は、横目にそれをちらりと見て、一人きりで木刀を振り続ける。すると勇が宗一郎を手招いてくれるのだ。不愛想に「いりません」と返すと、「侍は食える時に食っとくもんだよ。いつでも戦に駆けつけられるようにさ」と宗一郎をうまく立てて、さりげなく輪に加わるきっかけをくれた。

宗一郎は木刀を床に置き、正座で壁と向かい合った。師範一つきりの名札。空っぽの折れ釘の行列。情けなさに奥歯を嚙み締める。

「宗一郎さぁん」

「──はい」

俯きかけた首を上げ、後ろを振り返った。珍しく道場に顔を出した菊代が、入り口で手招いている。

「何かありましたか」

「何かも何も、ありましたよ！」

彼女は女学生のように生き生きと頰を染め、封筒を宗一郎の手に載せた。

表書きは宗一郎宛だ。引っくり返して、差出人の名に目を剝いた。

丸七年も音沙汰がなかった、一番弟子の江島、その人だ。

柄にもなく慌てて中身を開くと、彼らしい角ばった一画一画確かな字で、短い文がしたためられている。

――忘れ物を取りに伺います。宗一郎君にお会い出来ましたら嬉しく存じます。

指定された日付は来週末だ。

(江島さんが帰ってくる？　否、忘れ物を取りに来るだけなら、またこちらに住むつもりではないのか。とにかくお元気でいらしたようだ)

安堵した直後、宗一郎はハッと顔を上げ、寂しすぎる壁の門下一覧に顔色を失った。

※

江島が最後に見た至心館は、最盛期だ。

あの頃は門下に五、六十人は居たろうか。早朝は子ども達が眠たい目を擦りながら稽古に来て、彼らが学校へ向かう頃、入れ替わりに老人達が入ってくる。日が暮れると、仕事を終えた壮年世代と、夕稽古の子ども達がわいわいと加わるのだ。小さな道場からは人が溢れ、柳田家自宅の庭にまで刀の音が響いていた。

そして父と並び立つ江島の背中は、頼もしく大きかった。彼は四ツ谷時代から付いてきてくれた最古参で、しかも元警察官。唯一父と互角に渡り合える、誰しもが認める一番弟子だった。

そんな江島が今の寂れ果てた道場を目の当たりにすれば、がっかりするだろう。

（まだ十日もある。それまでに数人ばかりでも増やせば良い）

これまで来る者拒まず去る者追わずだったが、来る者が居ない。待っていては兄弟子の来訪に間に合わぬ。宗一郎は早速動き出した。

「貴方は体に芯がしっかと通っていて、見所がある。興味があれば、至心館で学びませんか」

「はあ……」

中学校での授業の後、数人に声を掛けてみたが、皆、宗一郎が個人的に話しかけてきた事の方に驚いてしまい、まともな返事がない。翌日は全員の前で「興味があったならば至心館においでなさい」と勧誘してみたが、なしのつぶて。中学のエリート達が勉学に忙しいのは致し方あるまいと諦めたのは、兄弟子訪問の五日前だ。

こうなれば、ご近所を誘ってみるしかない。

「また柳田先生のところへ、ですか」

豆腐屋の倅は、器に掬いかけた豆腐を三度も水の中に落とした。

「はい。昔と違って道場にゆとりがありますから、僕がじっくりと稽古を付けられます。上達も早いでしょう」

「えぇーと……、そりゃつまり、先生と木村の親方と三人きりでって事ですよねぇ」

「勇さんはお辞めになりました」

「なら先生と二人きり!? イヤァ、それじゃどうも緊張しちまって、俺は息もできないって云うか、アハハ。誰か他の奴が入るんなら、俺もやってみようかな……?」

おぼろ豆腐のように摑みどころのない答えだ。剣の道とは、誰かが入るならついでにというような道ではない。

宗一郎は豆腐の器をちゃぷちゃぷと揺らしながら道を行く。夕暮れ時の大通りを行き交う人々は、皆それぞれ忙しそうだ。

――と、通り掛かった空き地で、子ども達がちゃんばらごっこをしている。父はこういう場面に行き会うと、小枝を拾って輪に交ざり、悪党役を買って出る。すっかり打ち解けたところで道場でおやつを馳走してやり、翌日には子ども達が自ら遊びに来る流れだった。

「ふむ」

宗一郎は豆腐を民家の塀の上に置き、枝を拾いつつ子どもらの方へ向かった。

それに気付いた最初の子が、ギクリと肩を揺らして隣を肘で突く。その子も隣の肩を摑み、またその子が隣の動きを止め――。強張る彼らに、宗一郎は悪党役らしく、唇の端を吊り上げてみせる。

「どうした、向かってこい」

一瞬の沈黙の後、キャアと叫んだ子が、宗一郎の脇を風を切って擦り抜けていった。それを皮切りに、子ども達は蜘蛛の子を散らすように四方八方へと遁走する。

ついに、枝を構えた宗一郎だけがぽつねんと取り残されてしまった。

「修行不足。不徳の致す処だ」

宗一郎は低く唸り、豆腐を揺らしながら、また道を行く。

最終手段は勇だ。江島が帰ってくるその日だけでも、居てもらえるだろうか。しかし至心館の面目の為に無理をさせるなど、到底できない。

空っぽの道場は、まさしく自身の鏡ではないか。それを兄弟子の前で誤魔化そうとするなど潔くなし。そう己を叱りはすれど、五日後の江島の顔を想像すれば、胸の内に重たい波が立つ。消印は浜松だ。忘れ物がなんだかは分からないが、はるばる訪ねた道場がこの有り様では、余程がっかりするだろう。

威勢のいい呼び込み声の魚屋も、芋の泥を落としていた八百屋も、宗一郎が目を留めたと気付くや否や、サッと顔を背ける。門弟を積極募集している旨が、豆腐屋の倅から伝わっているのかもしれない。

夕暮れを行き交う人力車。出掛けるのか帰るのか、忙しく歩いていく人々。これほど賑やかなのに、至心館に興味を持ってくれる人間が一人としていないのはどういう事だろう。

水の中で揺れる豆腐は、いつの間にか角が欠けてしまっている。宗一郎が項垂れると、不意に、厳しい女の声が背後に響いた。

「下りて頂戴。今すぐ、ここで」

行き過ぎた人力車が、すぐ後ろで車輪を止めた。

「ええ？　そんなこと云わないでよォ」

「あんたはあたしじゃなくても、誰だって良いのでしょ。分かっちゃいたけど、あたしと居る時くらいは演じ切ってみせなさいな」

男は座席から蹴落とされた。中々激しい音がして、騒々しい通りも静まり返る。

「さよなら左門ちゃん。また何処かの誰かに拾ってもらうのね」

人力車は再び走りだし、砂埃の中に、尻もちをついた男が取り残された。その情けなさ極まる姿に、通りの人達は見て見ぬフリで通り過ぎる。

「トヨさん、またねェー」

しかし臆面もなく手を振る男の、図太い事よ。

「さーて、今夜のお宿を探さなきゃなァ」

荷物を拾いながら立ち上がった男と、視線がぶつかってしまった。宗一郎と彼は互いに渋面で顔を真反対へ向ける。

三池あけ乃の出られぬ家の怪異から、まだ十日と経っていないではないか。合縁奇《あいえんき》縁《えん》、この男との縁の糸は悪縁腐れ縁に違いあるまい。

宗一郎は豆腐の器を持ち直し、左門は尻の埃を払い、行李鞄をぶら下げる。それぞれに歩き出そうとしたところで、宗一郎は天啓に脳を打たれた。

「――旭左門！　君、うちで剣術をやらないか！」

素早く振り向いた宗一郎の動きに、器から跳ねた豆腐が指を濡らす。

「なんで俺が。嫌だよ。賽子《さいころ》より重てぇモンは持ったことねェもの」

「五日間でいい。稽古に励む間は、うちを宿に使って構わない」

「……へぇ？　泊っていいの？　ああそう、ふぅん？　そうね、三食昼寝付きならようござんすよ」

「三食昼寝だと？」

旭左門はにんまりと頬の筋肉を緩める。図々しい申し出に眉をひそめるが、背に腹は代えられん。宗一郎は躊躇いつつも、仕方なしに頷いた。

果たして大きな捨て猫を拾って帰る事となったが、本当に正解だったのか、宗一郎は自信が無くなってきた。

早速稽古だと息巻く宗一郎に対し、物事の出初めは、良い氣を見極めるのが肝心。本日は赤口で、赤舌神《しやくぜつじん》なる人々を惑わす鬼神が支配する日ゆえに、新しい事を始めるには向かない。その点、明日は先勝、吉運の明朝からやる気を出す——と。

その後は日の落ちる前から客間に布団を敷き広げ、ごろごろと寝転がって惰眠を貪る。翌日になれば、「あっという間に凶運の午後になっちゃうよ」と布団にくるまったまま主張する。

宗一郎は朝飯のぬか漬けを奥歯で噛み割り、真向かいで飯を食《は》む寝惚け面を睨みすえる。漬物は寝かせる程に旨くなるが、人間は腐るのみだ。

——しかし。道場に引っ張り出して木刀を持たせてみれば、意外にもしゃん、しゃんとしていた。体に芯がきっちり通っているのだ。

「君は、武道の心得があるらしい」

「いんや、ないねェ。ただ入峰修行って云ってさ、滝に打たれたり山を駆けずり回ったり、火をくぐったり土に埋められたりってのはやりましたヨ」

「成程。行者というのは嘘ではなかったのか」

顔面には男気の欠片も無いが、よく見れば細い腕も足首も、無駄な肉がついていないだけでしっかりしている。

(これは思いも寄らず、良い拾い物だったか)

――と、微かに抱いた期待もあっけなく裏切られた。

素振りをさせてみれば、手から木刀をすっぽ抜けさせて壁に穴を開け、三度振ったきりで疲れたとしゃがみ込み、再び立ち上がらせる説得の方に時間がかかる。

「立て。起きろ。根性が足りんぞ。君は行者なのだろう」

「とっくに辞めたもんさ」

「辞めたのか……」

一つの道を究めようと門を叩いた者が、そんな簡単に辞めたなどと。呆れ返る宗一郎を余所に、左門は蔀戸の下の陽だまりで、ごろりと大の字になる。

「今日も秋晴れ、お日様も朗らかだねぇ。眠たくなってきたよ」

「あんなに惰眠を貪っていた癖に、まだ寝るか。君は失敗した漬物のような男だな」

「なにそれ」

「じっくり寝かせすぎて腐らせたような人間だと云っている」

「ハーッ、鉄頭センセイが、面白い事云うじゃないの」

白い陽ざしの中で笑う横顔は、目尻に皺を作って、子どものように屈託がない。毒気を抜かれかけたが、すぐさま顔を顰めた。これがこいつの手練手管に違いあるまい。

「おやま！　珍しく道場から人の声がと思ったら、左門ちゃんじゃないの」

ちょうど手伝いに来たらしい菊代が、蔀戸越しに背伸びしている。

まで親しくなっている。

（左門ちゃん――とは）

宗一郎がさん付けなのに、先日一度、それも短い時間話しただけの男が、なぜそこまで親しくなっている。

「昨日から、センセイんちに厄介になってンだよ」

左門が大きくきっぱりした調子で話すのは、菊代の耳が遠い事まで把握しているらしい。

「まぁ！　そいじゃあ、これからはおかずが二人分必要になるのね」

「面倒をかけますが、頼めますか」

宗一郎が恐縮して歩み寄ると、菊代はむしろ瞳に喜びの光を煌めかせて、何度も頷いた。

「二人分くらいのが作りやすいんですよ。でもそれじゃあやっぱり、献立は少し変えさせてもらっても――、」

「今のままで構いません。いえ、是非このままで」

「そぉう？　だけどねぇ……」

「お菊さんは、漬物上手だよねェ。今朝の大根の漬物も旨かったよ」

「ここいらのは落合大根って云って人気でね。外の南国にまで売ってんのよ。冬になれば蓄え漬けじゃなくって生のが食べられるから、左門ちゃんも楽しみにしてらっしゃい」

稽古中にほのぼのと世間話が始まってしまったが、間に入ったのが菊代では、宗一郎は黙るしかない。

左門の無駄に陽気な声が外通りまで響いているのか、ご近所の婦人方まで足を止める。すると左門は彼女達を手招きで呼び込み、鈴の根付やら、怪しげな木彫りの像やらを広げ始めた。

さすがに黙っていられなくなった宗一郎は、後ろから襟首を摑み上げた。

「おい。至心館で怪しげな商売を始めるな」

集う女性達は自分が叱られたように肩を縮めたが、当人はケロッとしたものだ。

「怪しいとは失敬だなァ。自分の門下生に向かってさ」

左門は壁の門下一覧に目をやる。師範の札から遠く離れた末席に、「旭左門」の札が下がっているのに気が付いて、ご近所達は一斉に驚きの声を上げた。

「左門ちゃん、弟子入りしたの!?」

「俺の腕を見込んで、是非にって。ね、センセイ」

ご近所は丸くした目を益々丸くして、我が事のように大喜びだ。

宗一郎は何も云い返せない。豆腐屋の倅が昔置いていったままの札の裏に、彼の名を書き付けてそこに掛けたのは、宗一郎自身だ。自分の隣、師範代か一番弟子かという位置に下げるのはさすがに躊躇われての、末席の末席だが。

結局ろくな稽古もつけられないままに、中学校へ出向く時間になってしまった。

左門には控えめに素振り百回を課して出掛けたが――。

帰宅してから成果を尋ねれば、「うん、やったやった。明日は筋肉痛で動けないかも分からんね」などと宣《のたま》ったその顔は、どう見ても寝起きだ。

次の日などは道場の庭で子ども達と鬼ごっこなどして遊んでおり、その次の日は近所の細君方と、縁側で茶会などを開いていた。

集団だと押しが強くなるご婦人方の勧めで、宗一郎まで菓子を相伴に与ってしまい、また上手いこと口を塞がれた。

「明日は大事な来客がある。僕の兄弟子だ。君も必ずしっかりと起きて、道場に居てもらいたい」

夕飯の席、箱膳を挟んだ向かい側に、宗一郎は視線も上げずに告げた。

「――ハァ、やっと分かったよ。俺を鍛えてあんたに何の得があんだろうと思ってたら、つまり、兄弟子さんへの見栄ってヤツね。道場が師範一人ぼっちなんて寂しいもんねぇ。あんたも可愛いとこあるじゃない」

図星を指された宗一郎は、眉間に皺を寄せて麦飯を食む。

左門はふふふと笑って、自分も豆腐の味噌汁を掻き混ぜた。

「でもそれよかさァ。俺は居候だから飯に文句は云わんけどもね。いい歳して、偏食は体に良くねぇよ？　煮干しの佃煮に大根の漬物に、豆腐の味噌汁。後は魚の干物でしょ？　毎日毎日、一品も替えずにこればっか！　お菊さんの話じゃ、季節を問わず断固として献立を変えさせてくれないって云うじゃない。明治の世でもあるまいし、もうちょっとさ、」

「菊代さんにお手間だろう」

「へ？」

「お給金を出してはいても、余計な面倒を掛けている事に変わりない。だのに、僕の為に献立をいちいち考えてもらうなんて申し訳ないだろう」

はぁ？　と、左門はひときわ大きな声を上げた。

「やだよ、嘘だろう？　聞いた話じゃ、お姉さんが嫁いでからずーっと来てもらってんでしょ？　かれこれええと、」

そんな話まで井戸端会議の議題に上っているのか。宗一郎は眉を上げて、茶碗にお湯を注ぐ。漬物で茶碗の中を洗いながら、自分でも年月を数えた。

「僕が十七、姉が二十三の時だから……、もう六年になるか」

「そんなに！」

左門は箱膳を避けてまで、宗一郎の間近に膝を進めてくる。

「いいかね、柳田宗一郎クン。菊代さんちはすぐ隣で旦那と二人暮らし。あんたは独り身。あんた一人分の菜なんて、自分ちのついでに拵えちまう方が、よっぽど楽だろう。なんで菊代さんがわざわざこっちの家で料理してるのか分からんのかい」

そう云われると、そのような方法もあったか。宗一郎は箸を置いた。では何故と考えてみて――、答えに行きついた宗一郎は、目が大きくなった。

「僕が、毎日同じものでと云い張っているからか」

「そういうこったよ」

左門は乗り出した身を引き、どすんと胡坐をかく。

「お侍は無口な方が恰好がつくんだろうけどもさ。あんたは決定的に言葉が足りねぇや。お手数でしょうからって言葉を添えてりゃあ、お菊さんだって、そんな事ないわよって云えたんだ」

「……君が正しい」

宗一郎はハッとして、肺を大きく膨らませる。左門は幾つか年長らしいような顔で目を細めた。

「おんや。意外と素直だね」

「菊代さんに詫びを入れてくる」

早速立ち上がった宗一郎の袖を、左門は慌ててはっしと摑む。

「明日にしなさいって明日に！　今頃あっちも夕飯時だからね？　柳、、田セン、セイ、がいきなり訪ねてきたら、旦那さんも飯が喉につっかえちまう」

「そういうものか」

「そういうモンだよ」

宗一郎はその場に座り直す。

姉にもよく叱られたが、自分はどうやら思考が四角四面に過ぎるらしい。それがご近所から距離を取られる原因なのだろうが、生来の気質ゆえに如何ともし難い。

ごちそうさんでしたと手を合わせる左門を、宗一郎はじっと観察する。

「なによ、俺の美貌に惚れ惚れするかい」

「いいや。しない」

「本当になァ、そういうとこだよ、あんた」

冗談めかして笑う軽薄さは受け容れ難い。しかしご近所は、この男のこういう気楽なところに集まってくるのだろうかと、少し羨ましい気がした。

※

江島の忘れ物とは、何なのだろう。

約束の前日になって用意して置くべきかと思い立ち、道場の物入れを開けてみたが、彼の私物は何も出てこなかった。水屋の茶箪笥には、昔の門弟が置いていった湯飲みが並んでいるものの、わざわざ湯飲み一つを取りに来るはずもなかろう。これはもう、当人に尋ねるしかない。

茶筒を開けてみると、一体これは何年前のか、香りも消えた茶葉が黒くなって底に張りついている。勇と二人きりになってからは、彼も稽古の後に茶を飲んでいく事もなくなり、この水屋もすっかり使っていなかった。

「茶葉は今日買いに行くとして、飯をどうするかだな」

到着は昼飯時だろうか。菊代に頼むか迷ったが、品数を増やしてもらうのは気が引ける。宗一郎の握り飯では兄弟子の顔が立たないし、となると外食か。

家と道場と中学しか出歩かない宗一郎には、最寄りの盛り場である神楽坂すら不案内だ。父は門弟達と飲んでくると、必ず寿司屋台の折詰《おりづめ》を土産にしてくれたものだが、あの「のの字」という寿司屋は今もあるのだろうか。

それとなく遊び人の居候に尋ねてみれば、横文字のなんだかよく分からぬ献立の店をつらつらと紹介され、一つとして頭に残らなかった。

結局、出稽古で稼いでおいた金を財布に詰めたのと、茶筒の中身を入れ替えただけで、当日を迎えてしまった。

しかし。

宗一郎は手紙を開き、日付を確かめる。

珍しく朝一人で起きてきた左門が覗き込んできて、あれぇと素っ頓狂な声を上げた。

「兄さん来なかったの？　ってかまさか、あんたずっとここで待ってたの」

宗一郎は頷き、手紙を封筒にしまう。

約束当日――既に昨日の事だが、宗一郎は素振りもろくにできないままの門弟一人と共に朝焼けから控えていたが、道場を訪れたのは、左門とお喋りをしに来たご近所と子どもらのみ。

その内、待つのに飽きた左門が母屋に戻り、そうして夜が更け日が昇り――、翌日になってしまった。

「水浴みしてくる」

宗一郎は立ち上がり、左門をのけて通り過ぎる。

冷たい井戸水を三度四度かぶると、多少頭がすっきりしてきた。来ぬ人を待って不貞腐れたら、まるで子どもだ。

（お忙しくなったのだろう。むしろ安堵した）

失望されずに済んだと思えば、これで良かったのだ。

「センセイは今日、中学行くの？」

「いいや。休みだ」

手拭いで適当に髪を拭きながら、また左門の脇を通り抜ける。

泊っていかれるだろうと一日空けておいたのだが、無用だった。こうとなれば道場で鍛錬の一日とするしかない。

腹の底に気合いを入れ直し、そうだと仮入門の門弟を見返った。

「もう出て行っていいぞ。用は終わった」

「なにそれ。自分の用が終わった途端にハイさようなら？　利用するだけ利用して、義理人情に欠ける野郎だよ」

宗一郎は寄せていた眉根を開いた。云われてみれば、確かに酷いかもしれん。

「では、もう少し居ても良い」

向き合い直して頷けば、今度は左門の方が顔を顰めた。

「おいおい。あんたそんなんで大丈夫？　パチモンの怪しい像かなんか買わされたりしてねぇか」

「パチモンの怪しい像……」

宗一郎は視線を巡らせ、縁側に放り置かれた行李鞄に目を細くする。

「さぁ！」左門は唐突に手の平を打ち合わせた。

「センセイ、そんな事より朝飯食いなよ！」

「――しまった。炊くのを失念していた」

「この左門サマが飯は炊いといてやったよ。気の利く居候がいて良かったねェ」

ほいほいと背を押され、縁側から座敷に上がる。左門は勝手知ったる我が家で、麦飯と味噌汁をよそい、漬物を添えた皿を渡してくれる。

宗一郎は頭から滴を滴らせたまま、お膳を覗き込んだ。湯気が顔に当たると、夜通し起きていて空腹なのを思い出した。牛蒡や芋まで投入されて賑やかな味噌汁と、鰹節と生姜がのった冷奴まで。

朝方、道場で黙想している間に豆腐屋のラッパが聴こえたが……、まさかこの寝坊助が起きて買っておいてくれたのか。そう気付くと、宗一郎も殊勝に頭が下がった。

「ありがとう」

「なんとなくね、分かってきたのよ」

いただきますと手を合わせ、左門は味噌汁を啜りつつ、宗一郎を見る。

「鉄の豆腐」

「は？」

「四角四面の鉄頭と思ったけど、鉄の容れ物に入った豆腐だ」

「意図する処が分からん」

左門は唇の端で笑い、冷奴の角を箸で割って、口に運ぶ。

「それよりさっさと食っちまいな。今日は出掛けようぜ」

「君と？　なぜだ。今日は特段用事もないぞ」

「用事なんてなくったって、出掛けたい日は出掛けていいんだよ。あんたそんな事も知らねぇのかい」

目的もなく何処へ行って何をするというのか。宗一郎には、この男の常識は自分のものから遠すぎて、理解が及ばない。

左門は懐に手を突っ込むと、賽を宙に投げた。

「食い詰めん限りは、占いなんてしたかないんだけどね。宿と飯の恩義だよ」

恩着せがましい物云いに、頼んでいないぞと眉をひそめたが、左門も眉間に皺を寄せた。

「地来復の二爻。あんた、最後に笑ったのはいつかね？」

占いの結果を告げてくるかと思った口が、急にどうでもいいような事を聞いてくる。

「いつ……。いつだったろうか」

人が楽しげに笑い合う姿は微笑ましく好きではあるが、自分が輪に加わると皆の笑顔が強張るゆえ、遠巻きに眺めるのみに留めている。家族がこの家に居た頃は、誰も彼もよく笑っていたが、果たしてその時、自分も笑っていたかどうか。

「あー、分かった分かった。とにかく飯食ったら頭を拭いて、さっさと支度しな」

「本当に出掛けるのか」

「うん」

忙しく箱膳を片付けた左門は、いきなり宗一郎の懐に手を突っ込んできた。驚いて固まっている間に、彼は引き抜いた財布を握り、にやりと笑う。

「この旭左門様が、兄弟子さんに会わせてやるよ」

※

あの怪しげな行李鞄の底には、洋装まで埋まっていたのか。

着替えてくると引っ込んだ左門が再び現れると、見違えるような艶男っぷりだった。三つ揃えのスーツに絹の襟締《タイ》。櫛を通して撫で上げた髪も涼やかでよく似合う。腑抜けた口を閉じていさえすれば、社交界の花形か貴公子かと見紛うような気品と華やかさではないか。

宗一郎には洋装の事は分からないが、辻に立つ八卦見が誂《あつら》えられるような仕立てではないように見える。

「成程。君はこうして、普段とこの姿の落差で、ご婦人方を騙しているのか」

「騙すたァ人聞きが悪いじゃないの。俺を飾り立てて喜ぶ人に、楽しんでもらってるンだよ。大人のお人形遊びさ」

「悪趣味だな」

「持ちつ持たれつの良いご縁よ。さて、あんたも遊びに出るならお洒落しなきゃね」

左門は勝手に箪笥を開け、父が遺した一丁らの大島紬《おおしまつむぎ》を引っ張り出し、宗一郎の前髪まで後ろに撫でつける。が、せっかく上げた髪をわざわざ一筋二筋と下ろすので、中途半端を好かぬ宗一郎は自分でぐいとまとめて掻き上げた。

「ああっ、駄目だよ。あんたはあんまりにも出来過ぎだから、誰も近寄れねぇのよ？遠くから眺めるのが精一杯ってとこでさ。あんたに必要なのはちょっとした隙だ。むしろそれが色気になるからね」

また前髪をハラハラと下ろされ、しかも訳の分からぬ説教をされて、宗一郎の眉間の皺は益々深くなる。左門はお構いなしで満足げに頷いた。

「ふぅむ。この左門サマと並んで遜色ない男っぷりだ。ご婦人方が群れを成して黄色い声、活劇役者にってお声が掛かるかもしれないね」

「要らん」

「そう云いなさんな」

どんなに剣呑な声で返そうが、この男は暖簾《のれん》に腕押しだ。

ちょうどやって来た菊代に出くわすと、彼女はへなへな腰を抜かした。今日はご近所の好奇の視線が一層強いのも、気のせいではあるまい。まるで針のむしろだと、宗一郎は目が据わる一方だが、左門は鼻歌など歌いながら、人力車を呼び止めた。

「兄ちゃん、乗せてくれよ」

「色男が連れ立って、どちらへお出かけです」

「お坊ちゃんが何にも知らねぇ初心《うぶ》だからさ。いろいろ教えてやんなきゃならんのよ。さぁ、いざ花の銀座、帝都観光の旅へ！」

意気揚々と天を指差す左門に、宗一郎は投げやりな気分で隣へ乗り込んだ。


しかし、この男は感心するほど遊び場に明るい。頭に地図がすっかり入っているようで、次から次へと休みもせずに良く歩く。

「君はこちらの生まれなのか？」

「東北だよ。でもほら、まずは汽車で東京停車場だろう。そこから人の多い処を渡り歩いてる内に、自然と詳しくならァな」

目白では考えられないような雑踏の中でも、背が高く垢抜けた左門は一際目立っている。お蔭で見失う事はないが、空を縦横無尽に横切る電線、その下を重たい音を響かせて迫ってくるレンガ色の市電。三階建ての時計台に、キリンビールの派手な看板。

道行く人の声も姿もまた賑やかだ。洋装の若い女性が、膝までしかない服をひらひらさせているのを見かけてギョッとする。

目白も〝之手《のて》〟と呼ばれる下町の端くれ。しかも宗一郎の生まれは四ツ谷だ。街を知らぬ訳ではないが、好んで人の多い時間に来る場所ではないと思っている。

「すぐそこのレストラン、女給さんが可愛いって有名なんだよ。あんたもたまには若い女の子と触れ合ってみなきゃ」

「苦手だ」

「あんた一生不犯でも掲げてんの？　俺より行者に向いてるよ」

左門は目当ての食堂へ勝手に入っていき、宗一郎は慌ててその背を追う。絶対に一人では立ち入らないような西洋かぶれの店構えだが、中もまた、言葉を失うような華やかさだ。玄関の出迎えは巨大な花瓶、壁紙も花柄ならば、白い石階段の手すりにまで、草木の彫刻が施されている。

宮殿のごとき過剰な造作に戸惑いながら二階へ上がると、白布の掛けられた卓子が大広間の奥までずらりと並び、電気照明が煌々と光っている。

その中を立ち動くのは、揃いのエプロンをつけた女給達だ。

宗一郎達を見つけた一人が、顔を薔薇色に輝かせて近づいてくる。思わず足を後ろに引いた宗一郎の肩を、左門が前に押し出した。

「どーもこんにちは」

「いらっしゃいませ。お席にご案内いたします」

しかし先導してくれる彼女と左門が、席に着く頃には、そっと意味深な視線を交わし合う仲になっているのは、一体どういった奇術であろうか。

宗一郎がお品書きを開いて沈黙していると、左門が勝手に女給を手招いた。

「ここからここまで、全部ちょうだい」

「なんだそれは、そんな適当な頼み方があるか」

「一度やってみたかったんだよねぇ」

「人の財布で……」

兄弟子に恥ずかしくないように懐を温かくしておいたが、この調子ではあっという間に素寒貧《すかんぴん》だ。

（……いや。いいか、別に）

どうせ昨日無くなっていたはずの金だ。

宗一郎は店内の見慣れぬ光景を、首を巡らせて眺める。すると今更、周囲の人間達が、揃ってこちらを観察しているのに気が付いた。頬を染め、顔を寄せて囁き合う婦人達。貫禄のある髭の紳士までも、お品書きを立てた裏から、こちらをチラチラと覗いている。彼は宗一郎と視線がぶつかると、慌てて首を引っ込めた。

「おい、左門。君が目立つからだぞ」

「この色男は自覚がないと見える。道場の看板を背負ってくれれば良かったね。門弟が一息に増えただろうよ。いや、門妹っていうのかな」

「つまらん冗談だ。それより江島さんに会わせてくれると云うのはどうなった」

「急くんじゃないよ。会わせてみせるとも。俺の占いは残念ながら外れた事がない」

左門はふふと笑い、婦人の熱い視線に手を振って応える。

「……君は、すぐに次の寄宿先が見つかりそうだな」

「そうねぇ、男二人暮らしも意外と気楽で良かったけど」

続々と料理が運ばれてきて、皿と皿とが重なる程に卓子を埋め尽くした。そのどれもが宗一郎は見た事もない料理だ。

左門の解説によると、ふるふると柔く身を震わせる卵はオムレツ。白く薄いパンにカツレツを挟んだサンドウィッチ、巨大な半身のエビ。煮たジャガイモを潰したのはマッシュポテト。茶色い飯と茶色い漬物と茶色い汁ばかりの食卓に慣れた目には、食い物なのかと疑うような鮮やかな色合いだ。どう食べていいものやら手が動かない。

「箸をもらえるかい。後、ビフテキを細かく切って来てほしいんだけど」

「かしこまりました」

女給は頼み事をされた事すら幸せですと云う顔をして、二皿三皿を一旦下げていく。

　フォークとナイフを横によけ、箸でひょいひょいと摘み出した左門を、やはり周りの人間達は、自分の食事の手を止めてまで見つめている。宗一郎は肩を縮めた。人前で見世物になって飯を食う気にはなれない。

「食わんの？　自分の財布だよ？」

「僕は獣の肉は食べない。鶏くらいだ」

「ああ、そういう感じ？　でもこのままじゃ一生試さないだろ。尚更食っとけって。形はなくても、そのコロッケにも豚の肉が入ってるからね」

「こちらも美味しいですよ。良い牛のお肉ですから、臭くありません」

　ビフテキとやらの皿を戻しに来た女給が、そっと窺ってくる。宗一郎より年下に違いない娘に駄々っ子をあやすような笑みで諭されて、宗一郎は立場がない。

「牛の肉か……」

　飴色のタレがとろりと絡んだ、赤身の肉。血の色だと思ったが、考えてみれば魚の刺身だって赤い。立ち上る香ばしい匂いは、確かに食欲をそそる。

　女給も周囲の客も、息を潜めて宗一郎の挙動を見守っている。宗一郎は仕方なしに箸を伸ばした。細切れにされた肉片を一つ摘み、潔く口に入れる。

「旨いでしょぉ」

　左門は自分も頬を膨らませながら、んふふと笑う。

一瞬生臭いかと身構えたが、タレの玉葱の味がすぐに追いついて、その酸味で打ち消してくれた。おっかなびっくり歯を立てれば、熱い肉汁が口の中に広がる。

「――旨い」

思わず素直に頷くと、広間からワッと喝采の声が上がった。我に返って唇を引き結んだ宗一郎に、左門は笑いを噛み殺している。が、殺しきれない笑いが、奴のコップの水に波を作る。

「……君は、よくこの店に来ているのか」

「お財布が居る時にはね」

世俗との関わりを断って山で修行に励むはずの行者くずれが、随分と世俗に馴染んでいる事だ。

宗一郎は周りの視線を無理くりに意識から追い出し、二切れ目へ箸を伸ばした。

「尋ねた事も無かったが、なぜ行者になったのだ？　辞めたとは云え修行はしていたのだろう。そんな高い志を持ちそうには、全く思えないのだが」

「へー？　柳田センセイが他人に興味が出たとは珍しいね。あ、この人、牛肉大丈夫そうだから、ビーフシチュウをお願い。他にお薦めある？」

「はぁい。季節のお薦めはですね……、」

左門は女給と話し込んで、宗一郎の話をはぐらかした。ならばと食べる方に集中していると、気付けば彼は、兄のような目でにこにことこちらを眺めていた。

こんな軽佻浮薄な兄は御免だが、嫁いだ姉も、宗一郎が食べているのを眺めては、何やら嬉しそうにしていたのを思い出す。左門にも弟妹がいるのであろうか。

（そういえばこの男、人懐こい割りに、自分の話はしないな）

もう金輪際会う事もなかろうし、根掘り葉掘り聞き出すのも趣味が悪い。根無し草の八卦見はまた浮世を流れゆき、自分は至心館に根を張って静寂の中を生きるのだ。

宗一郎はそう思い直して、皿を空ける方に夢中になった。


西洋レストランの後は、腹ごなしにと銀座の街を無目的にそぞろ歩く。家から出て一時間も掛からない、それも初めてでもないはずの土地が、左門の案内にしたがって歩けば、長旅の果てに辿り着いた観光地のように珍しい物ばかりだ。

舶来の時計や眼鏡が並ぶ雑貨店。一生袖を通す縁もなさそうな、派手な洋服屋。カフェーの窓から漏れるまばゆいほどの照明と、そこに影絵のように映る人々の笑いさざめく姿。

連れ回される内に、いよいよ日が傾いた。そして江島に会える気配はとんと無い。あの真面目な兄弟子が、宗一郎との約束を違えて盛り場をふらふらしているとは、元々考えられぬ。最初から八卦見のでまかせだと分かっていて付き合ってしまったのは、寝不足のせいと云うことにしておこう。

いい加減に目白へ戻るかと思いきや、人力車が停まったのは、神楽坂は肴町の入り口だ。

夕暮れの赤と夜の群青色に沈んだ横丁には、三味線と笑い声が漏れ響いている。路端の看板行燈が照らすのは、料亭の黒壁だ。

「待て。僕はこういう遊びはしない」

「だろうね」

後ずさった宗一郎を残し、左門はひょいひょいと通りを歩いていく。

「おい、左門！」

名を呼ぶと、彼は一度こちらを振り向いたが、へらりと笑った。

「騙されたと思ってついといで。悪い様にはしねぇよ」

「君には騙され続けだ」

仕方なしに後を追うと、左門は懐に入れた手で、賽をちゃらちゃらと弄びながら夜道を歩く。

「さっき出たのは『地来復』。地中に雷、春の兆しが見え始めた一陽来復の卦だよ。陰は必ず陽に復《かえ》る。往った者もまた復る。方角は目白から東、陰から復りやすい陰氣の集まる花街、日の暮れてきたこの時間。間違ってないと思うんだけどねぇ」

云っている事はさっぱりだが、お座敷遊びをしに来た訳ではないらしい。周囲をきょろきょろと見回して何かを捜している。

「あんた、ここいらには来た事ないの？」

「毘沙門《びしゃもん》様の縁日には、子ども時代は毎年行っていたが」

「その兄弟子さんと？」

「姉とだ」

まだ大人達の腹にも届かない背丈の頃、人熱《ひといき》れの中を泳ぐようにして、立ち並ぶ屋台を覗き込んだ。姉は怖がりの癖に、蒼い火を出すバケモノ蠟燭《ろうそく》を欲しがったり、宗一郎は型抜きに挑戦して、その場から半刻も動かなくなったり。そう、ブリキ缶に赤い金魚をもらって帰った事もある。毎年疲れ果てて、もうこれきりと思うのだが、時季になると祭り囃しにそわそわと、足早に坂のてっぺんを目指したものだ。

だが祭りの日でも無い限り、夜の神楽坂は大人の街。道場の大人達はよく吞みに繰り出していたが、龍門寺裏の居酒屋で吞んだ後は、寿司の屋台で土産を買ってサッと帰ると云う、至極健全な遊び方をしていたらしい。真面目な父は母の手前、芸者を呼ぶ店は気が引けたのかもしれない。それも彼は吞まない人だったから、勇と江島に挟まれて、ひたすら肴をつついていたと聞く。

その馴染みの店はこの辺りか——と首を巡らせていると、地元の人間しか通らないような細道のすぐ左手、小さな屋台が目についた。暖簾には「のの字」の染め抜きが白く光って見える。父が手渡してくれた折詰が、急に鮮やかに蘇ってきた。

となると居酒屋もここいらか。左門の後を追うと、大きな柳の木下に、黒く煤けた「どぶろく」の看板を見つけた。

戸口を開け放した店は、こぢんまりと暗い。つけ台に据え付けられた長机に、椅子が三つ並んでいる。あれが父の座った椅子だろうか。眺めていると、今も父と勇と江島が三人仲良く肩を並べているような気さえしてくる。

「知ってる店?」

左門がわざわざ戻ってきて、宗一郎と居酒屋を見比べた。勝手にふうんと頷くなり、「入ろうか」と暖簾をくぐってしまう。

「僕はさっきのレストランで腹一杯だ。あんなに腹に詰め込んだのは初めてなんだ」

「酒は別腹よ」

「馬鹿な」

いらっしゃいと微笑んだ老店主と目が合ってしまって、宗一郎は観念した。溜息をつきつつ、たぶん父が座っていたのと同じ椅子に腰を下ろす。壁も梁も黒煤け、窓がほとんどないからか、蔵の中に居るようだ。狭い店に酒と食い物の匂いが濃密に漂っている。

座るなり、勝手にどぶろくの徳利がつけ台に置かれた。

「茶でいい」

「あ、そぅお？」

左門は徳利を自分の手元に奪い、嬉しそうに笑う。余所行きを気取るのは仕舞いにしたのか、上着を脱ぎ襟締を解いてくつろぎだした。髪までぐしゃぐしゃと掻き乱す必要があるのか知らないが、貴公子は儚く消え去り、すっかりいつもの自堕落八卦見だ。捲った袖から、刺青の端が覗いている。今更ながら眺めてみれば、博徒が彫るような明王や龍ではなく、行者が使う呪文の文字らしい。

宗一郎は彼の来歴についてぼんやりと考えながら、自分も帽子を外した。

左門は手酌で酒を注ぎ、ご機嫌に呑み始めている。

(こいつ、とことん財布の中身を使い尽くすつもりだな)

人の財布を当てにしている輩が酒を呑み、自分は茶かと思うと馬鹿らしくなり、宗一郎は自分の分も注文した。

酒など、正月の漢方薬臭い屠蘇《とそ》を舐めるくらいで呑みつけない。だが一日中慣れない場所を連れ回された疲労のせいか、もはや後の事を考える気力もない。

破れかぶれで、つけ台に出された酒器に手を伸ばすと、

「これを使おうよ」

隣に誰かが座った。

耳に覚えのある声に、宗一郎は動きを止める。

彼は持参した白桐の箱を開けると、杯を二つ取り出した。それを一つ、宗一郎の前に置く。

言葉を失っている宗一郎の代わりに、奥から左門が腕を伸ばし、杯を手に取った。

「洒落た品だね、兄さん。古伊万里《こいまり》かな。柳に蛙の模様なんて珍しいや」

くるくる回して満足したのか、それを宗一郎の前に戻してくる。

「宗一郎君の友達かい？　いや、これは別に高級な物ではないんだよ。ただ気に入って買って来たんだ。――柳に蛙。何度でも遠く高い柳の枝を摑もうとする蛙の姿は、志高き不屈の心を表している。柳田家の至心館のために作ったような物じゃないか。な、宗一郎君」

「……江島さん」

店の中が暗いからか、それともまだ口も付けていない酒の匂いに当てられたのか、隣に座っている相手の顔も影になってよく見えない。だがしっかりとした四角い顎の形も、誠実な印象の引き締まった唇も、敬愛する至心館の一番弟子に間違いない。

忘れ物は、この酒器だったのか。確かに道場の茶箪笥に、桐箱がずっと置きっ放しだった。道場へ到着した彼は、菊代から遊びに出たと聞き、ここまで捜しに来てくれたのかもしれない。

　彼は自分の分も揃いの杯を取り出した。宗一郎はやっと我に返り、慌てて兄弟子に酒を注ぐ。

「まさか、こんな処でお会いできると思っていませんでした」

「野暮用で出損なってしまって、昨日は済まなかったね。宗一郎君の事だから、ずっと待っていてくれたんだろう」

「お待ちしていました。しかし今、ここで会えてホッとしています」

　率直に答える宗一郎に、江島は唇の端を持ち上げて微笑む。そして宗一郎にも酒を注いでくれた。

「暫く見ない内に、また随分と垢抜けたなぁ。元々瑞々しい少年だったが。その着物は柳田先生の大島紬だろう？　お母上にそっくりな宗一郎君が着ると、同じ着物が途端にハイカラに見える。こんな事を云っては先生に肘で突かれるか」

　酒を啜る久々の兄弟子は、記憶の中よりも饒舌だ。

「それに呑み友達までできたとは、驚きだなぁ」

「俺は門弟だよ、兄さん。旭左門と云います」

「ほう、そうだったか。では君とも杯を交わさねばな。……なんて、私はもうとっくに至心館から抜けていて、兄さんだなんて胸を張れる立場ではないんだよ」

顔は黒い影に隠れていても、彼が苦く寂しい笑いを浮かべたのは分かった。

(――この人はなぜ、あの日至心館を出て行ってしまったのだろう)

何千回と繰り返した問いが、また胸の底から波を立てて浮き上がってくる。

両親の法要が片付くなり、置手紙一通きりを残しての別れだった。この人の事だから、相当に思い詰めた末の行動だったのだろう。

しかし道場の玄関に置かれていた封書を開けた時、宗一郎は指が白くなって震えた。師範代となってくれるはずの人が、免許皆伝したばかりのまだ十六の門弟を捨てて逃げたのだと、そう思ってしまった。

杯を持つ彼の手は、昔と何も変わらない。なのに、もう刀を握る剣士の手ではないのか。至心館を捨てて今まで何をしていたのですか、後悔してはくれなかったのですか。胸に立つ波がとぷんと溢れて、口から零れてしまいそうだ。

(僕は捨てられた子どもみたいな事を考えている)

情けない言葉を、呑みつけない酒で流し戻す。喉の粘膜が焼かれたように熱くなって、宗一郎は眉をひそめた。と、左門と江島が親しげに視線を交わし、くつくつと笑い出す。

宗一郎はむっとして自分で酒を注ぎ足した。味も何も分からないが、頭の芯が熱を持って、空回りする思考を有耶無耶にしてくれるのは有難い。

「江島さんは汽車で遠路はるばる、この酒器を取りに来たのですか」

「そうなんだよ。……さすがに宗一郎君は覚えてないよなァ。あれは、君が高等小学校を卒業した日だった。私達は三人で君の帰りを待ち構えて、この店に連れて行こうとした。だけど君はきっぱりと、『酒を覚えるつもりはありません』ってね。すげなく振られてしまった。勇さんなんか随分ゴネたけれど、私は小狡《こずる》いからね。後日こいつを買ってきて、『酒に興味を持ったら、いの一番に私に声を掛けておくれ。いつか、これで一杯やろうよ』と約束させた」

「覚えています」

尊敬する兄弟子が、自分と呑む為に、この器をわざわざ用意してくれたのだ。嬉しくないはずがない。茶簞笥に置かれた桐箱を見かける度に、来なかったそのいつかを思っていた。

（それが、今日か）

父の一丁らを着て、父の馴染みの店の、父が掛けた椅子に座り。

宗一郎は白い陶器に描かれた蛙を親指の腹で撫で、また一口、とろりとした酒を含む。

手酌しようとする江島から徳利を奪い、彼の杯に注ぎ足すと、やっと自分が一端の大人になったような心持ちがする。柳田家の家長になってからもう七年が経とうというのにだ。

宗一郎は反対側の左門を盗み見る。この妖しげな男の怪しげな占いがなければ、きっといつかの約束を果たすこともできないままだった。

ありがとう、と小さな声で呟いたのを、左門はしっかりと聞き取ったらしい。にんまりと笑って、隣から酌をしてくれた。

「あんた全く呑めない訳じゃなさそうなのにね。やっぱり剣の道の為？　でも江島さんは普段から呑んでるらしいじゃない」

「酔って乱れたくない。ああ、いや、江島さんが乱れたところは見たことがありませんが。母が、呑む男は嫌だとぼやくのを聞いていたし、父も酒を受け付けない人でしたから、あまり良い印象が――」

宗一郎の話を遮るように、突如、江島が噴き出した。失敬などと咽《む》せ込みながら、肩を揺すって笑っている。寡黙な兄弟子がこんな風に笑うのは珍しい。

「どうしたのです」

「お母上が酒を呑む男は嫌――と云うのはだね、それは柳田先生が、君が生まれるまでは大酒呑みで、大変だったたからだよ」

初耳の情報に、宗一郎は顔を上げた。ほろ酔いの頭の芯が冷たくなる。

父母は殊の外仲が良く、連れ立って亡くなったのも、仲が良すぎて袖を引かずに居られなかったんだろうと思っていた。しかし。

「もしや、父は酒で暴れたのですか」

宗一郎にとっての父は、目指さなければならない目標であり、この世で最も尊敬する男だ。門弟から近所から慕われる姿しか浮かんでこない。

目を見張る宗一郎に、江島はまだ笑いを収めきれずに杯をあおった。

「可愛い人でね、泣き上戸だったんだよ」

「は？」

宗一郎の隣で、左門がンフッと笑って顔を背ける。

「宗一郎君はあまり知らなかろうが、四ツ谷時代は資金繰りが大変だっただろう。先生は金の話はせず毎日笑って過ごしていたが、心の内は重たかったんだろうね。君が生まれる前は、出稽古先で酒を馳走になる度、おいおい泣き出しちゃってなぁ。『こんな情けない俺と結婚してくれた妻を幸せにしなきゃならんのに、侍が刀をさせぬ時代、剣術馬鹿が世の荒波を漕ぎ渡れるだろうか。しっかりせねば。俺は妻を、家族を幸せにせねばならんのだよ』ってね。私は何度も同じ話を聞かされた。出稽古先の人達も『泣きの柳田先生だ』と面白がって呑ませるから、帰る頃には目も顔も真っ赤に腫らして、玄関先で奥さんに縋りつき、またおいおい。そりゃあ大変だったろうね。でもね、宗一郎君が腹に居ると分かってから、パタリとやめた。酔っ払って泣いている場合じゃないと、覚悟が決まったんだろう」

「……ハァ」

想像がつかない。それは本当にあの父の話だろうか。

「柳田宗一郎のお父さんって、どんな鋼鉄の超人だろうと思ったらさ、なんだい、笑ったり泣いたり、人間らしいお人じゃゃないの」

「……そう、らしい」

「泣いて笑うが人生よ。なぁ、勿論あんただって人間だ。それを忘れちゃいけねェよ」

左門は徳利と肴を追加してから、にぃっと笑い直した。

※

柳に蛙の酒盃を傾けながら、昔話に花が咲いた。江島の語る「柳田先生」は、やはり宗一郎の知る父とは思えなかったが、尚更に一度でいいから、こうして酒を注ぎ合ってみたかった。卒業の日に酒席を断ってしまったのが、今更無念だ。

江島が至心館を去った日のことも話題に上った。酒が進むうちに、現実と夢の世界のあわいに漂うような気になって、宗一郎から訊ねてしまったのかもしれない。

彼の出自は浜松の農村で、ほとんど村から出ずに生涯を終える人が多いような土地だった。彼は外の世界を志して上京し、巡査任用試験の採用をもらい新宿に留まった。そこで通い始めた至心館の時代は、江島にとって一番楽しい青春の時であったと。

しかし至心館が最盛期を迎えた頃、江島には、故郷から帰ってこいとしきりに手紙が届くようになった。実家の働き盛りが脚気《かっけ》にやられて、人手が足りなくなったのだそうだ。

「帰る気なんて無かったんだよ。勝手だと承知の上で、あんな愉快な暮らしを捨てる勇気は持てなかった。けれど、柳田先生がお亡くなりになって……。至心館が落ち着くまでとは云っても、一度師範代を引き受ければ、やはり身軽な立場ではなくなる。実家が立ち行かなくなってから急に戻るようじゃ、かえって迷惑をかけるだろう。

君はまだ若かったが、剣術の天賦の才がある。それにしっかり者の久子ちゃんも居る。下手に私が残れば、むしろ正統な跡継ぎである宗一郎君の邪魔だろう。ぐずぐずせずに早く出て行くべきだ――と、そう思ったんだよ」

「姉は、僕が道場を継いだ次の年に、嫁に行きました。品川の酒屋です」

つい責めるような口調になってしまったかもしれない。宗一郎は云うなり自分を恥じて俯いた。江島の方もまた、言葉を失っている。

「……そうだったか。久子ちゃんが嫁いでしまうと思ってなかった。考えてみたら、ちょうど年頃だったものなあ」

「まぁまぁ二人とも。未来なんて、占いで覗きでもしなけりゃ見えんもの。仕方ねぇ事だよ」

珍しく静かに耳を傾けていた左門が、宗一郎を飛び越して、江島の前の葱鮪《ねぎま》まで箸を伸ばしてきた。その無遠慮に、どちらも苦笑いを浮かべる。

「私はなんだか、至心館はあの日のままでいてくれる気がしていたよ。もし占いでも何でも、宗一郎君が独りになってしまうと先に分かっていたなら、私は――、」

江島は云い止《さ》して、残った酒を一息にあおった。音を立てて卓に戻すと、大きな息をつく。

「まったく、私という男は、これきりなのに意気地のない」

彼は宗一郎に向き直り、やおら頭を下げた。膝の上で拳を握り、盆の窪が見える程に深々と頭を垂れる。

「江島さん!? やめて下さい。江島さんのご事情は分かりました。しかしこれきりとは……、」

「宗一郎君。私はね、命を燃やしたあの場所が、違うものになっていくのが怖かったんだよ。何を云い訳しても、結局は、その一言に尽きる。東京を発って七年、ずっと至心館の事が頭を離れなかった。仲間達は達者だろうか。宗一郎君はどうしているだろう。きっと彼岸の柳田先生は、私の不甲斐なさを怒っているに違いない。君と交わす事の無かったこの杯は、もう捨てられてしまったろうか。……帰りたいとばかり思っていたよ。私のふるさとは浜松の実家じゃなくて、柳田先生の下に皆が集まった、あの至心館だった」

江島は顔を上げた。とっくに店の暗さに目が慣れて良い頃なのに、その顔は黒く濁って、鼻先より上は判然としない。

「君の強さに甘えて、兄弟子の務めを果たさず逃げた。息子と云ってもおかしくない年頃の弟分を置き去りに、自分は甘い想い出に浸って……。君に恥ずかしくて、今更詫びのしようもないと、今日の今日まで顔を出せなかった。どう詫びて良いのかも分からないままだが。――宗一郎君。一人にして、すまなかった」

「……いいえ。僕は菊代さんと勇さんに、ずっと世話になりっ放しです。決して一人ではありませんでした」

慌てて添えた言葉なのに、口にした途端、宗一郎自身の胸にもその言葉が染みた。

そうだ。いつも一人と思っていたが、決してそうではなかった。自分は誰が用意してくれた菜を食い、誰に見守られて生きてきたのか。そう実感するなり、つい先日別れを告げてしまったばかりの勇の寂しい顔が、胸の波間に重たい鉛となって沈んでゆく。

江島は暫く宗一郎を黙って見つめ――、そうかと静かに頷き、肩を叩いてくれた。

「左門君にも会えて良かった。宗一郎君に歳の近い仲間が居てくれるのが、私にも嬉しいよ」

「江島さん。実は彼は――」

無人の道場が恥ずかしくて、付け焼刃に門をくぐらせただけの人間です。

騙しているのが苦しくなった宗一郎は、打ち明けようと身を乗り出すが、左門に後襟を引っ張り戻されてしまった。

「心配すんなよ、兄さん。道場はきっと上手く行く。若先生もね」

左門の云いぶりは、占い結果を告げる時ほど確信に満ちている。念を押すような瞳に、江島はゆっくりと頷いた。

「宗一郎君は、今はまだ硬くとも、次第に柔らかに熟れていく。私は君の父上を見てきたから知っているよ」

徳利に残った酒を宗一郎と左門に注ぎ切ってしまって、彼は立ち上がった。

「さて。もう行かないとな」

開け放しの戸口を振り向けば、いつの間にやらすっかり闇が深くなっている。随分話し込んでしまったらしい。

懐から財布を出そうとする江島の手を、宗一郎は押さえて止めた。酒が入っているはずのその手が酷く冷たくて、宗一郎は怪訝に兄弟子を見上げる。やはり顔がぼんやり霞んで見えない。

「大人になった君に奢ってもらうなんて、柳田先生にずるいと叱られてしまうな。ありがとう。とても嬉しいよ」

「江島さん。宿はどこかに取ってあるのですか？　ぜひ我が家へ」

「いいや、急がねばならないようでね。――では達者で」

彼は暖簾をくぐって外へ出る。宗一郎も慌てて腰を上げるが、膝に力が入らず座り直してしまった。酒の酔いに驚いている間に、江島の背は闇へ溶けていく。

「あの人、あんたに会うために、随分無理して来たらしいよ。優しい人だからいろんなものを拾っちまって、ずっぷりとおっ被られてる。あれじゃあ帰り道もろくに見えんだろうに」

左門は空になった徳利を逆様にして、最後の一滴を杯に移す。

「それは、何の話だ」

「斬ってきてあげなよ。大事な兄さんなんだろう？」

斬る――とはよく分からないが、大事な人と云われればその通りだ。宗一郎は今度こそ腹に力を入れて立ち上がり、後を追いかける。

外は闇が濃い。そして真冬の最中ほど空気が冷たい。江島の真上で蝙蝠《こうもり》が飛び立って頭を掠めたのに、彼は頓着なく闇に溶けていく。

「江島さん！」

腹の底に冷たいものを感じて、宗一郎は小走りに駆け寄った。手の平を向けられ、宗一郎はちょうど刀の間合いで立ち止まる。

「ここまでだよ。お戻り」

すぐそこに居る江島の声が、妙に遠く聴こえる。蝙蝠が宗一郎と彼の間を次々と掠めて飛ぶ。

彼は分厚い黒襟巻をしているように見えるが、よくよく観察してみれば、襟巻などではない。人間の黒い腕が幾重にも巻き付き、背中から、頭から、そして顔すら覆うようにして、江島に絡みついているのだ。

目を疑ったが、そうか、これこそが酒の酔い。これは酒が見せるまやかしだ。としても、大事な兄弟子に絡みつく不届き者達をこのままにはしておけぬ。

宗一郎は木刀の柄に手を掛ける。

「来るな、宗一郎君。それ以上はいけない」

江島の声が厳しく強くなった。とたん彼に巻き付いた腕が、一斉にこちらへ向かって伸びてくる。

宗一郎は短く息を吐き切ると同時、抜き打ちの一閃、

「押し通る！」

足を踏み込み袈裟斬りに薙いだ切っ先が、真向かう腕の束を裂き、二閃目で逆から斜めに斬り落とした。

細切れになった腕は泥に変わってぼたぼたと地面に落ちてゆく。

――すると。

向こう側に、大きく目を見開いた江島の顔が覗いた。ようやくくっきりと見えた兄弟子は、宗一郎が知るままの、武骨で実直な彼だ。

「……私はもう、君から一本だって取れそうにないな」

むかし酒器の箱を開けてみせて、「いつか、これで一杯やろうよ」と笑った時と同じ、はにかむ笑顔だ。しかし細まった瞳は涙に潤んでいく。

なぜだか二度と会えないと分かって、宗一郎も喉の奥が熱くなった。

「達者でな」

「江島さん。また帰ってきて下さい。僕は至心館で待っています」

「……私は、いつでも君を見守っているよ。宗一郎君」

彼は微笑み、背を向けた。宗一郎は膝頭に額が付くほど深く頭を下げる。そして顔を上げた時には、彼の姿は神楽坂の闇に吞まれて消えていた。

酒の酔いとは恐ろしいものだ。やはり自分には向いていないと反省しながら、バッケ坂を下りていく。

※

江島に別れを告げた後、自分も帰ろうと店を振り向けば、なぜか宗一郎達が座っていた席で、別の男達が酒を愉しんでいた。店も黒煤けた板戸の構えは同じだが、瓦斯ランプが煌々と輝いて、全く違う店のようだった。

結局支払いもしていなければ、柳に蛙の酒器も回収できず、釈然としないまま帰途についている。

「酒と云うものは恐ろしい。一体いつからまやかしの店にすり替えられたのか。危うく酒の障魔にしてやられるところだった」

呟いたその隣から、左門がアハハと声を立てて笑った。こちらは気持ち良く酔っ払って、随分とご機嫌だ。

「あんたの頑固さときたら、国宝級だね」

「そう云えば、なぜ君まで付いてくる。いいかげん次の寝床を探してきたらどうだ」

「だって俺ァ兄弟子さんにも認められた、歴とした門下だもの。まさか柳田先生は、寄る方ない門下を寒空の下に放り出すなんて、ひどい事はしないよね？」

「…………あと数日以内に、次を探せ」

「ええ～っ!?　ねぇ、本当にあんた大丈夫？　情に訴えられて土地屋敷やら、借金の抵当に入れられちゃったりしてない!?」

「それは祖父の話だ」

「嘘ォ。筋金入りの血だね」

天を仰ぐ左門に、宗一郎は息をつく。

坂の下に至心館が見えてきた。長い一日もようやっと終わりかと肩を下げた、その時だ。

「宗さん！　なんだよ、遅いよぉ！」

道場の前に誰かが立っている。暗闇に目を眇めると、なんと勇だ。

「こんな夜分にどうなさったんです」

「どうもこうもねぇって。宗さんがこんな長い時間道場を空けるなんて、こっちが魂《たま》消《げ》たよ。俺は昼からずっと待ってたんだからね。まったく、宗さんにまで何かあったかと思って、気が気じゃなかった」

勇は一息に話し、宗一郎に紙きれを押し付けてきた。電報だ。ほろ酔いの熱が、足の先からじわじわと冷えていく。

梢《こずえ》の合間から漏れる月明かりに翳《かざ》して、カタカナを追う。何度読み直しても、そこには江島の訃報が書き付けてある。

「昼間受け取ったんだよ。おとついの朝、畑で倒れてそのまま——ってさ。どうも卒中だろうね。江島ったら俺より若いのに早すぎだよ。あれきりいっぺんも顔を見せねぇでさ」

勇の声が潤んでいる。

「……ついさっき、顔を見せてくれました」

「ハァ?」

宗一郎は道場に駆け込んだ。水屋の茶箪笥に飛びついて戸棚を開けると、

「あるじゃないか」

呟き、まっさらな白い桐箱を引っ張り出した。紐を解いて中を確かめれば、さっき見たままの「柳に蛙」の杯が二つ。揃いの徳利まで収まっている。

ならばさっき神楽坂の呑み屋に置いてきてしまったのは、何だったんだ?

呆然としながら、杯を一つ取り出そうとして、また気が付いた。真っ二つに割れている。

「あの人の正身は、これだったんだねぇ」

いつの間にか覗き込んできた左門が、訳知り顔でうんうんと頷く。

「ああ、いや、あんたは兄弟子を斬り散らしちまった訳じゃないから安心しな。あの人はしっかりしなすってたから、ちゃんと自分で帰られた。凝った氣があるべき処へ流れ去って、正身は無用になったせいで、自ずと割れた。それだけさ」

「……僕はやはり、酒など金輪際やめるべきだ。酔って己ばかりに都合の良いまやかしを見るなど、修行不足の極みに他ならん」

「ハー、またどうしてそうなんのさァ」

左門は板床にしゃがみ込み、がっくり首を垂れる。

「でもさ。会えて良かったでしょ？」

上目遣いに寄越した視線が笑っている。宗一郎はむっと唇を結び、……考え込んだ挙句、頷かざるを得ない。まやかしだとしても、彼の笑顔が胸に残っている。

と、横から勇も顔を突っ込んできた。

「おー、懐かしいなぁソレ。江島のだろう？　あいつったら、宗さんと一番に酒を酌み交わそうなんて抜け駆けしやがってよぉ。そんなズルがあってたまるかよって、柳田先生と三人で大喧嘩よ」

「喧嘩ですか。全く知りませんでした」

「皆、宗さんが可愛くて仕方ないもんだからさ」

云った後に気恥ずかしくなったのか、勇は首のあたりを乱暴に掻いて顔を背けた。

父は皆に愛された人だが、二代目の自分は近づき難い、嫌なもん。そう自覚があるだけに、ずっと一緒に居てくれた兄弟子達の言葉が胸に染みる。宗一郎は割れた杯に目を落としたきり、言葉が出て来なくなってしまった。

「宗さん。これは金継ぎしといてやるよ。木刀は握れなくなっても、宗さんよりは器用だよ」

「勇さん」

桐箱を攫っていこうとする手を、上から摑んだ。

「――骨に負担の少ない稽古を、一緒に考えませんか。例えば、竹刀稽古ならばいくらかマシではと思うのです。小指側の筋を鍛える運動も研究してみましょう。それでも大工の仕事に支障が無いとは、云い切れませんが……」

間近に向かい合う勇の目が、みるみる大きく開いていく。

勇の生業を保証もできないのに、酷く手前勝手な頼みだ。彼の細君にも木村組の面々にも恨まれるかもしれない。しかし、兄弟子の優しさに甘えるなら今しかないと、酔いの残った頭が素直に口を動かしてしまう。

「ですから。また、道場にいらしてくれませんか」

「……いいのかい？　ここに毎日通って来て」

丸くなった瞳の内側から、光が滲み出してくる。

「僕の勝手なお願いですが、許されるのなら、いらして頂きたい」

「そ、そんなァ、宗さん！　許すも何もねぇよ！」

勇は男泣きの涙に咽せながら、懐に手を突っ込んだ。出したのは「木村勇」の古びた名札だ。

「これ捨てらんなくてさ、ずっと持ち歩いてるなんて全く未練がましいったらないね。でもこうとなりゃ、ぽっくり逝くまで通わせてもらうよ。そんでな、極楽浄土の柳田先生と江島に、俺は一生涯至心館の門下だったぞって、自慢してやんだ」

彼は宙を歩くような軽い足取りで門下一覧の壁に走り、宗一郎の隣に自分自身で札を掛けた。壁の日焼けの空白が、元通りに収まる。

勇は宗一郎を見返るなり、何故かきょとんとして――。顔中を笑みで皺くちゃにした。

「宗さんは、笑うと先生にそっくりだ」

宗一郎は自分で頬を撫でてみる。

「そんな事を云われたのは初めてです」

と、足元でだらしなく寝転がっていた末席が、愉快そうに笑う。

「ずうっとその顔で過ごして御覧よ。門下一覧があっという間に埋まっちまうよ」

「剣の道に、顔は無関係だ」

緩んだ口角がもう下がる。と、勇は今更初めて左門が目に入ったのか、胴体を踏んづけそうになった足を引いた。

「おう。噂に聞いてた、俺が来ない間に増えたって門下は、お前さんかい」

腰を爪先で突かれ、左門は猫のように身を捩らせて、「御名答～」と笑う。床板から頬を離さないのは、酒の回った体が冷えて気持ち良いのだろう。正直羨ましいが、さすがに真似をする気にはなれない。

「こんな女形みてぇな細腰で、よく剣の道を志したもんだな」

「まァ、ほどほどに？」

「ほどほどなんて、この至心館で中途半端な事は許さねぇぞ。どれ、宗さんの手を煩わせるまでもねぇ。俺が鍛えてやろう」

「是非とも。この弛みきった性根を鍛え直してやって下さい」

「ぐええ」

左門は、柳に果敢に跳び付こうとする蛙どころか、踏んづけられた蛙のような情けない呻きを上げ、勇を笑わせた。

第三話　雷沢帰妹

えい、えい、と子どもの高い声が道場に響く。宗一郎の胸にも届かぬ背丈の少年達が、三人も並んで懸命に竹刀を振っている。

「なんだァ、もう疲れたのか。ほれ、一、二、一、二」

素振りの拍子を取る勇は、すっかり孫を見守る好々爺《こうこうや》だ。

「腕が下がっている。息を底まで吸って、踵に落とすといい」

宗一郎は身を屈めて覗き込み、肘をぐいと持ち上げさせる。

なんとこの一週間で、三人も入門者があった。みな左門と遊ぼうと庭に侵入して来た子どもらなのだが、その遊び相手が宗一郎と勇に扱《しご》かれるのを眺めて、「俺のが上手だよ」「左門ったら弱ェなー」と囃し立てる。ならば自分でやってみたらどうだと竹刀を与えてみれば、大喜びで振り出したのだ。

「ねぇ、柳田先生。なんで左門ばっかり休憩してんだよ。ずるいよー」

云われた通り、奴は蔀戸の下で怠惰に寝転がっている。陽だまりの光に照らされた横顔は一見美しい人形のようだが、目を凝らせば口元に涎など垂らしている。

「あれっ。あいつ素振りしていろと云ったのによ」

勇が呆れ返って身を仰け反る。

宗一郎は仕方なく歩み寄ると、裸足でその尻を蹴った。

「おい。左門、起きろ」

「……アレェ、もう夕飯の時間かい？」

「さっき昼飯を食ったばかりだろう」

人間は油断するとここまで腐るという、悪い見本のような男だ。宗一郎はうんざり眉を上げる。

「刀を振るつもりがないなら、仕事をして稼いでこい。君をこのまま居候にしておく気はないぞ。また駅前で八卦見でもやればいいだろう。妙なお守りを売り付けるのは感心しないが」

「食うツテがあんなら、占いなんてモンはやりたかねぇよ」

八卦見が占い嫌いで何とする。要するに働きたくないのだろうと説教すべく口を開くと、その気配を察してか、左門は俊敏に身を起こした。

「よぉし庭で遊ぶかね！　小僧ども、休憩だ休憩。あんまり根を詰めんのは良くねェぞ！」

わあっと声を上げた子どもらは、次々庭に飛び出して行く。垣根の向こうから覗き込んでいた面子までもが加わって、至心館の庭は大騒ぎだ。

「……まったく」

「子どもと遊ぶのが上手な奴だね。本人まで楽しそうなこった」

勇は手拭いで額を拭き、どっこいせと縁側に腰を下ろす。宗一郎は彼に茶を勧めながら、庭の喧騒に息をつく。この前新しくした茶葉は、中々旨い。

「しかし稽古にならないのでは困りますね」

「とりあえず来てくれるだけでも、上等上等。あいつは、うちの道場の福の神かもしれないぜ？　なんせ、たったの七日で三つも名札が増えたんだから」

勇に庇われてしまっては、宗一郎は何も云えない。ちらりと名札の並びに目をやり、確かにと頷きかけた処で。

「左門ちゃん、居るんでしょう⁉　ここに居るって聞いたわよ！」

柳田家の自宅の方から、戸口を激しく叩く音が響いて来た。

「ハァ、どちら様でしょうね」

女の怒号に、菊代がのんびりと応えている。道場の一同は顔を見合わせ、両腕に子どもらをぶら下げた放蕩《ほうとう》男へ、揃って視線を集めた。

※

見覚えのある婦人だ。先日、左門を往来で人力車から蹴落とした、元飼い主である。彼女は小田原《おだわら》トヨなる画家で、昨年、目白の新興住宅地に越して来たそうだ。今は五歳の娘と二人暮らし。そこに左門が絵のモデルとして寄り付いていたのだが、一週間たらずで、往来でのあの騒ぎとなった訳だ。

「トヨさん、俺を迎えに来てくれたの」

「そんな風に甘えてみせて、もう戻るつもりもない癖に。わざとあたしを怒らせたのはお見通しよ。ほんと小憎らしい男」

情けなく眉を下げる左門に、トヨはつんと顎をそびやかす。

「小田原さん。これをウチに置いて行かれても困ります。今日こそお引き取り下さい」

宗一郎は左門の首根っこをつまみ、ぐいとトヨの方へ突き出した。悪びれもせず「にゃあ」などと猫の真似までしてみせるふざけた男に、元飼い主も現飼い主も眉をひそめた。

「でも、お迎えじゃないんなら、トヨさんは何しに来たのさ」

左門が小首を傾けると、トヨは「そうよ！」と左門の胸ぐらを摑んで、早口に語り出した。

トヨの娘の茜《あかね》が、おとつい友達三人と肝試しをしたそうだ。向かったのは、至心館からならば三十分程の、天狗山と呼ばれる小山だ。この辺りの子どもにはちょっとした冒険先に有名で、宗一郎も目白に越して来たばかりの頃、姉から一緒に行こうと誘われた事がある。

無論のこと、宗一郎はそんなくだらぬ話には乗らなかったが、なんでも山神の祠には、「天狗の雷玉」が封印されていて、もしもそれを山の外へ持ち出せば、祟りで雷に打たれるとのことだ。

「まだ、そんな肝試しが流行っているのですか」

道場は勇に任せ、宗一郎達は柳田家の座敷へ場所を移した。

こちらはきっちりと背筋を伸ばした正座だが、トヨはしどけなく足を崩し、油絵の具の染みた指で断髪の髪を掻き上げる。宗一郎を睨《ね》め付ける流し目には、独力で娘を育てる者の強さと自負が滲み出し、さながら剣士の気迫だ。

トヨは不機嫌に茶を啜り、隣に座った左門を、その目でなじった。

「左門ちゃんが子どもの相手をしてくれてる間は良かったわ。近頃のあの子ったら、近所の悪餓鬼達と好き放題」

「子どもの時分なんて、悪さをして人生を学ぶもんだよ」

「知ったような口を利かないで頂戴。何でもかんでも半端に捨てていく男が」

ピシャリとやられた左門は、へへへとだらしのない笑顔で誤魔化す。

ともかく、その日の茜達は祠まで辿り着き、雷玉が納められているのを見たそうだ。それは一寸ばかりの丸い透明な玉で、外に取り出して掲げてみれば、妖しい緑色の光を発したと。彼女達は驚き慄いて、散り散りに走って逃げたのだそうだ。

それで話が終わるのならば、微笑ましい冒険譚だったのだが。

当日の夜、一緒に行った仲間の一人が、忽然と消えた。夜中に繕い物を終えた母親が布団に潜ろうとした時、子の姿が無いのに気付いたそうだ。更に翌日の深夜には、もう一人が同じように居なくなった。

今、新興住宅地は誘拐魔が潜んでいると大騒ぎ。しかし近所の古老達は、あんな山に入るから、天狗に隠されたのだと話しているそうだ。

「あたしは天狗なんて古臭いモノは信じちゃない。誰か二人を連れ去った犯人がいるのは間違いないわ」

雷玉を見た面子は四人。うち二人が今もって行方不明。こうなれば残る茜ともう一人が、今夜か明日の晩——と、心配になるのは当然だろう。

「左門ちゃんの占いは当たるのよ。だから嫌々来たワケ。茜は今、巡査さんと家で待たせているの。早い処どうにかして頂戴。結局モデルも逃げたんだから、このくらいは頼まれてくれるわよね」

「トヨさんったら手厳しいなァ。しかし茜ちゃんの事は、俺だって心配だ」

左門は懐から賽を取り出し、宙に投げた。摑み取ったソレを広げると、二つの八面体は「兌《だ》」に「震《しん》」の字と、数字の賽は三の目を出している。

「兌は『沢』、震は『雷』。『雷沢帰妹』という卦でね、沢の水が雷によって波立っている様子を表す。陰陽が収まる処に収まらず正を得ない卦だから、前に進めば凶だ。順番がチグハグで、このまま捜索しても失敗する」

「そんなら、どうすればいいの。あたしはそれを聞きに来たのよ」

詰め寄られ、左門はううむと唸る。

「目の前で起きている事の前に、もっと根本から順に正さんといかんようだね。……トヨさん。この件は俺に預からせてくれるかい。夕方までにはトヨさんちに、いったん様子を伝えに行くよ」

ちゃりちゃりと鳴らしていた賽を懐に戻すと、彼はいつもの緩い笑みで立ち上がる。だが宗一郎はその瞳に、普段は見えぬ強い光が閃くのを見た。

「しかし、なぜ僕まで付き合わねばならんのだ」

「正義の柳田先生でしょお？　隣村の誘拐事件だからって、頼りに来た人を放っておくのは義理人情に欠けるよねェ」

「ぐっ……」

左門は子ども達が歩いた道をなぞって、件の天狗山へ向かう。山のある中野村に入ると、青年会の法被をはおった捜索隊や、警察官に幾度も擦れ違った。

「俺みたいな風体のが一人でふらふらしてると、それこそ誘拐魔かと疑われちまうんだよ。あんたみたいな素性のしっかりした、どこからどう見ても清く正しき御仁が居てくれたら、話が早いでしょ。それにあんたも地元だろう。その天狗山の祠っての、行った事ないの」

「ない。姉から肝試しに誘われた事はあるが、僕は興味が無いと断った。その後彼女達は向かったようだったが」

二人が歩く川沿いには染物屋が立ち並び、染め上げたばかりの大きな布が川岸にひらひらとはためいている。事件が起きているとは信じ難いような長閑な道を歩きながら、左門はへええと目を大きくする。

「子ども時分は、腰抜けとか揶揄《からか》われるでしょ、そういうの」

「知らん。そもそも神の祠を面白がって肝試しとは、無礼が過ぎる振る舞いだ」

「おや。あんた氣生は信じないのに、神様は信じてるのかい？　あんたにとっちゃ、不思議なモンは全部、未熟が見せるまやかしなんじゃないの」

「何を。神仏とは道を究めた先の先におわす、高き存在だ。対してまやかしとは、天狗や妖怪などと云われる、現実には存在せん偽物。それ即ち、怖いと思う気持ちが生む幻覚に他ならん。神の手による業《わざ》でなければ、人知を超えた不可思議などは起こらない。それでも怪異が起きたなら、未熟を顧みて心の波を静めれば、目に映らなくなるのだ。神仏があえての障魔を見せる事もあろうが、それも、己の心の弱さを斬り捨てられれば、自ずと消えるはず」

歩く道の先を見据えて語る宗一郎に、左門は分かったのか分かっていないのか、ほぉんと空気の抜けるような間抜けな音を出す。

「あんたの見てる世界は、あんたなりの道理が通ってんだよね。――まァともかくさ、お姉さんの肝試しは行かなくて正解だったよ。古い人達が天狗の山だって云ってんなら、そこは昔から〝入らずの山〟だったんじゃねェかね。誰かの墓だったり古墳だったり、曰くのある荒魂を鎮める為に祀ってたり――。ホイホイ遊びに入っていい山じゃなかったんだろう。だけどもそういう由来が忘れられちゃって、いつの間にか天狗や妖怪が出るって話に掏り替わっちまうのは、よくある事だよ」

「ならば、君は天狗が犯人ではなく、その墓の主の祟りか何かだと？」

「そうねぇ。まァ、まずは調査してみましょうよ。順番を間違えたまま進んじゃ駄目って、卦に出てるしね」

急な坂道の向こうに、当の天狗山が見えてきた。松と杉が鬱蒼と繁った、日陰ばかりの暗い森だ。

しかし左門は、山の入り口の鳥居を素通りして、斜め向かいの寺に入って行く。怪訝に後を付いて行くと、彼は寺務所の戸口へ首を突っ込んだ。

「すみませんがね、向かいの山に祠があるだろう？　ご由来を聞きたいんだけどさ」

廊下の奥に声を投げるなり、返事も待たずに上がり框へ腰を下ろす。まるで押し売りの輩だなと呆れていると、住職が顔を覗かせた。

白い眉毛の彼は、年頃は勇と同じくらいであろうか。只人《ただびと》ではない見目の左門に慄いたようだが、隣に並ぶ宗一郎の方にホッと肩を下ろして、奥の部屋に手招いてくれた。

（これは、本当に同行して良かったかもしれん）

宗一郎は左門の代わりに頭を垂れ、手土産も用意していない事を後悔した。

※

「では、御神宝の宝珠は、既に失われていると」

「はい。徳川様の世の話ですけども。山火事で祠が丸焼けになって、今のはその時に建て替えたと聞いておりますよ」

住職は机に古い記録帳を開いてくれた。

黄ばんだ紙面に、円い珠の絵がある。脇に添えられた説明書きには、「綺麗に磨かれた白い珠で、石なのに木の年輪が浮かび上がる、不思議なものだった」とある。

近くの農夫が山で拾って来たのだが、持ち出すなりに雷が轟き大雨になったので、恐ろしくなってこの寺に相談しに来たそうだ。結局、山のものは山で祀るべきであろうという話になって、山神の祠に捧げ、ご神像の隣に納めたと。

「天狗の雷玉」らしき物が実在していたのには驚いたが、江戸時代で既に消失していたのなら、トヨの娘も宗一郎の姉も、とっくにないものを、怯えながら捜しに行ったのだ。

(馬鹿馬鹿しい話だ)

「でも、茜ちゃんは雷玉を見たって云ってたな。面白がって嘘なんてつく子じゃないんだけどね」

「彼女の云っていた珠は、一寸ほどの大きさで、緑に光る透明なものだったな。この記録とは違う物のようだが……。ご住職。今のお社の中に、そのような物は入っているのですか」

宗一郎に水を向けられた住職は、弱った風に眉を下げた。

「今は、焼けた後に作り直したご神像だけだと思いますよ。ただ、あそこの管理は村の寄合で、うちは寺ですからね。明治の神仏分離以降、うちとは縁が薄くなってしまいました」

「ハァ、成程ねー。ここらは寄合がしっかりしてて良かったね」

「貴方がたは、神隠しにあったという子の御身内さんですか？　昨日ここにも巡査さんが来ましたよ。祠の辺りを捜索して、すぐ引き揚げて行きましたけどね。青年会はすわ一大事と、まだ頑張ってますけど、早く見つかるといいですねぇ」

警察の判断は順当だろう。居なくなったのは目白の自宅だ。犯人が拐かした子ども二人をわざわざ山まで連れて行って夜を明かすなんて、余程の理由が無ければしなかろう。……もしも既に騒ぐ口を封じてしまっていたとしても、村を越えて遺骸を山まで運ぶ理由は思い浮かばない。

誘拐魔は恐らく、遊んでいる彼女達に目を付けた愉快犯だ。三人目を狙うつもりならば、なお住宅街に潜んでいるに違いない。

考え込んでいると、左門は住職の手から記録帳を取り、勝手に捲《めく》りだした。

「そこの山神様は、子ども嫌いだったりするのかな。逆に大好きで、あちらの世まで連れて行きたくなる質《たち》だったり。そんな話は？」

「いやぁ、私は小さい頃、悪さをしたらお山の天狗に連れて行かれるよなんて脅されたもんですけど。天狗の神隠しなんて今時どうでしょうね。御神宝を盗んだなら、バチが当たっても……ですがね。そもそも、噂の宝珠はとっくに無いはずなんですから」

住職の結論としては、神罰にあらず、だ。

寺を辞した宗一郎達は、件の山を見上げて息をつく。昼の秋風は爽やかなれど、こんもりと繁った山は、柳田家近くの御禁止山《おとめやま》に似た重たい空気を放っている。子どもらが長年に亘って肝試しの場に選ぶのも、成程と思うような。

「しかし、やはり人間の誘拐魔の仕業だろうな」

茜達に神罰を受ける理由があった訳でもないし、昨日おとつい、雷の鳴るような大雨も降っていない。

「そうねェ……」

左門は珍しく真面目に考え込んでいるようだが、山の鳥居はくぐらずに、そのまま帰り道の方へ歩き出した。八卦見も、御神宝を確かめるまでもないという結論か。

その後、彼はトヨの家に泊まると云い、途中の道で別れた。

お蔭で宗一郎には静穏な暮らしが戻ってきた。それが嬉しくて、翌朝はいそいそと夜明け前から起き出し、水汲みがてらの行水、一日分の飯を炊きつつ土間での素振りをこなした。寝汚い居候を蹴り起こす手間も無く、食前食後、すぐにごろごろと転がるだらしなさを説教する必要もない。道場でも新たな門弟に示しがつかない事態も発生せず、なにより、視界に苛立ちの種が寝そべっていないのは、なんと快適な事か。

新弟子達は左門の不在をひたすら残念がっていたが、今朝こそはみっちりと稽古を付けてやれた。

午後には中学の授業に出向き——、ちょうどそこで、生徒の噂話を小耳に挟んだ。また一人、新興住宅地で行方不明者が出たらしい。ぎくりとしたが、マサという子で、トヨの娘ではなかった。

(警察もついていたのに三人目か。しかもこの流れでは、今夜は最後の一人、茜の番になるんじゃないか？)

一体全体、誘拐魔は何を企んでいるのだろう。一人ずつ攫って存分に怖がらせたところで、金を要求するつもりだろうか。確かに小金持ちが多い地区ではあるが、毎晩にわたる犯行では、捕まる可能性が高いのも自明。住民が怖がるのを面白がる為だけに危険を冒しているなら、とんだ異常者ではないか。

自分は無関係な事件ではあるが……。

トヨに柳田家の敷居を跨がせた以上、やはり全くの他人事とは思い切れなくなってしまった。ちょうど夕稽古にやって来た勇に道場を頼んで、トヨ宅に向かおうと決めたのだが。

「へぇ！ 〝天狗の雷玉〟のせいで、天狗に祟られたって？ その子の見た雷玉、硝子みたいな透明の、こんくらいの丸いのじゃなかったかい」

勇は大笑いして、親指と人差し指で輪っかを作ってみせる。宗一郎は目を瞬く。

「確かにその様な物だったと聞いています。勇さんも見た事がありますか」

「見たも何も、それを祠に入れたの、俺だもの」

「は――」

勇は歯を見せて笑う。ぽかんとする宗一郎に、彼は幼い頃の思い出を語り始めた。


明治の目白界隈は、今より更に長閑な田舎村だった。子どもらは、朝はそれぞれ家の仕事を手伝わされるが、学校が終わると家の農作業へ引っ張り込まれる前に逃げ出して、日が暮れるまで遊びまわる。勇はいつも近所の決まった面子で野原や山を駆けずり回っていて、その中に、安三《やすぞう》という気の弱い子が居た。大将の源太《げんた》と勇と安三は同い年で、下にチビ達が幾人か。

安三は、鬼ごっこの鬼になれば誰も捕まえられずに、ほろほろと泣く。探検に行こうぜと盛り上がれば、怖いよと引き留める。それで置いて行ってもやはり泣く。皆、毎度遊びに水を注されるのにうんざりして、年少にまで侮《あなど》られ――。そのうち輪の外で一人ぼっち、羨ましそうにつまらなそうに膝を抱えるばかりになった。

そんなある日、源太が意地悪を考えついた。

「天狗山の雷玉を盗んで来いよ。そしたら、お前にも勇気があるって認めて、また仲間に入れてやるからさ」

嫌だよ怖いよと泣くかと思った安三は、その時ばかりは肝の据わった顔で頷いた。よっぽど爪弾きの日々が辛かったのだろう。安三の肝試しは翌日の夕刻に決まった。

だが勇は、源太が安三を揶揄っているだけだと知っていた。この前源太と勇で祠に行って、雷玉なんてのが入ってなかったのにガッカリしたばかりなのだから。

勇は何食わぬ顔で源太達と別れて家に帰ると、母の鏡台から硝子瓶を取り、その蓋の持ち手を箪笥の角で折り割った。なんで大工の家に、明らかに舶来品のそんなものがあったのか知らないが、まるで雨の粒を固めたような美しい硝子の玉は、雷玉を詐称するに相応しく見えた。

勇は急いで中野に走り、一人で夕暮れの山道を登って、祠にその玉を納めた。

そして——翌日。

安三は逃げずに現れた。下の鳥居で彼を見送ってから、勇達もこっそり安三の後を追った。

果たして、安三は泣きべそをかきながらも暗い山を一人で登りきり、祠まで辿り着いた。「すいません、許して下さい、どうかバチを当てないで下さい」と祠にさんざん土下座してから扉を開け、中から、硝子の玉を取り出した。

まさに昨日、勇が入れておいたそれだ。あるはずのない雷玉に、源太は仰天だ。嘘だろうと安三の前に飛び出して、それを引ったくった。「すげぇよ、本当にあるなんて！　天狗様が安三の為に出してくれたのかな！」と大興奮ですっかり信じ込み、思惑通りにうまく行ってくれた。

しかし三人で山を下り始めるなり、雨がぼたぼた降ってきて雷まで鳴り始めた。こりゃますます本物の雷玉だと源太も安三も怯えるものだから、また元通りに祠の中へ突っ込んで、大慌てで山を降りたのだ――と。

「俺だけは、あれが偽物だって知ってるからな。ガキ大将の源太まで震え上がっちまって、なんだかおかしかったね。あいつらが村で本物の雷玉があったって大騒ぎしたからさ。きっとその話が未だに伝わってんだろう」

勇は笑い、だからお嬢ちゃん達が居なくなったのは天狗の祟りなんかじゃないよ。しかし人攫いは早く捕まるといいよねェと、宗一郎を送り出してくれた。

住宅地の入り口を入った処に、制服の警察が二人組になってうろうろしている。まさに連続誘拐事件の捜査中なのだろう。

「申し、この辺りに小田原トヨさんの御宅があると思うのですが、ご存じですか」

背後から声を掛けるなり、彼らはすわ誘拐魔かと疑う目つきで振り向いた。しかし見るからに潔白で涼やかな宗一郎に、すぐさま目つきを和らげる。

「貴方はもしや、至心館の柳田さんでは」

「その通りですが」

親切にも小田原家までの案内を買って出てくれた巡査は、何年も前に、出稽古で他流を訪ねた宗一郎と手合わせした事があるそうだ。よく覚えていましたねと驚けば、これ程の美丈夫が冴え冴えと目の覚めるような剣を振るうのだから、忘れようもありませんと、やたらに褒めてくれた。

この自分に嫌なもん——以外の印象を抱く人間がいるものかと驚きながら、何はともあれ、「小田原トヨ」の表札の戸を叩く。

小田原家は二階建ての和洋折衷、宗一郎には物珍しい建築だった。

一階は馴染みのある座敷の造りだが、通された二階の応接室は、絨毯敷きに、西洋卓子と揃いの椅子。窓には天使を象った色硝子が嵌め込まれて、床に虹の色を落としている。

道すがらに巡査から噂を聞いたが、小田原トヨは描けば描くなりに絵が売れていく、新進気鋭の人気画家だそうだ。

応接室の隣はアトリエにしているそうで、絵の具の油臭い独特の匂いが漂っている。

鮮やかな色の絵の具が染みになった板床。振り子を揺らす大きなボンボン時計。壁に立て掛けられた画布には、迷いのない線で、左門の姿が写し取られている。成程あれは絵を描く為だけに限ってみれば、格好の材だろう。

「柳田センセと左門ちゃん、交代してもらおうかしら。左門ちゃんったらゴロゴロしてるか遊んでるかばっかりなのよ。警察さんもさ、一人目は仕方なくても、二人三人まで誘拐されちゃって、一体どうなってんのよ」

卓子を挟んだトヨは寝不足の重たい目だ。しかし左門は呑気に折り紙遊びなどに興じている。

「左門ちゃん、本当に占いでどうにかしてくれるんでしょうね」

「どうにかしますよ。可愛い茜ちゃんがコトだもの。居なくなった三人もこのままにしておけんしさ」

小田原家の周りは物々しい警備だったが、中も一階に二人、こちらの応接室では角《かく》袖《そで》の羽織の刑事が、窓の外を厳しい目つきで見張っている。

これだけ厳重にしているのなら、犯人も忍び込む隙もあるまい——と思うのだが。昨夜三人目が消えた家でも警備は万全だったのに、外からの物音に皆が目を向けたその一瞬の間に、子どもが忽然と消えてしまったそうだ。

摩訶不思議、山の神となった天狗の神罰かと考えたくなるのも、分からんではない。

だが住職と勇の話からして、やはり天狗の仕業などではない。現実に常軌を逸した誘拐魔が居て、世間を騒がせて悦んでいるのだ。

「トヨさん、茜さん。生身の誘拐魔であれば、僕の剣の腕がお役に立つでしょう」

ここまで乗り掛かっては、下りられる船ではない。泊まり込みで警護に加わる意志を伝えると、茜がキャッと高い声を上げ、左門の背に隠れた。

茜は来年小学校に上がるのが心配なような、人見知りの子であった。先ほど玄関先で宗一郎を目にするなり、挨拶にも応えず左門の後ろに隠れ、応接室に通された後も、そわそわと落ち着かぬ様子で宗一郎を盗み見ている。

「あれぇ、もしかして茜ちゃん浮気ィ？　ついこないだまで俺にお熱だったのに」

「ち、ちがうわ。左門ちゃんひどい。変な事云って……」

左門の揶揄いに反論する声も、尻切れ蜻蛉《とんぼ》に消えていく頼りなさだ。下手に目を合わせれば余計に怯えさせるか。宗一郎は遠慮して、ハイカラな紅い茶を無言で啜る。

「この子、さっきまで怯えきっちゃってたのにね。まぁ、良い顔色になったこと。まるで御伽話の公子様が、助けに来てくれたみたいだものねェ」

トヨは娘の頬を両手で挟み、ふふと笑う。しかしそのトヨこそ、顔に血の気がない。四人のうち三人が夜のうちに消え失せ、次は愛娘の番――となれば、心穏やかに居られぬのも道理。それでも取り乱さずに笑顔を作ってみせる芯の強さは、驚嘆に値する。

「茜ちゃん。この公子様は本当に強ぇのよ。天狗でも何でも斬り捨てちまうからね。怖いこたァ全部終いになるから、安心してな」

「僕は公子様ではない。至心館の道場主だ。そして今話した通り、事件も天狗の仕業ではない」

「――ちがうの。天狗様なの。私ほんとに雷玉を見たの。ほんとよ」

茜が意を決した風に、初めてはっきりと口を利いた。

「しかし、君が見た雷玉は、硝子の小さな玉だったのだろう？　それは、僕の兄弟子が祠に置いていった物だったんだ。江戸時代から伝わっていた本物ではないんだよ」

なるたけ冷たく響かぬように語り掛けてみるも、茜はぶるぶると頭を横に振る。犯行が人間によるものならば、警察や大人達の手で捕まえられる。安心するかと思いきや、何故ここまで天狗にこだわるのだろう。

宗一郎の怪訝な視線に、茜は小さな頭を俯けていく。

「茜？　何か云いたい事があるなら、ハッキリとおっしゃいな」

「……あの、あのね。お母さん怒らないでね。私じゃないの。私じゃないんだけどね」

追い詰められた様子で身を震わせる彼女を、左門が脇を掬って膝にのせた。

「誰も怒りゃしないよ。どうしたの？」

首を傾けて覗き込む左門は、優しい目をしている。

「盗んじゃったの。雷玉。私はやめなよって云ったのよ。なのにトミちゃんが、兄ちゃんに見せるんだって。絶対に途中で逃げ帰って来るぞって笑われたから、証拠にするって。だから天狗様が怒ってんのよ」

「まぁ」

口を手で覆ったトヨ以外、大人達は沈黙した。

刑事に目をやると、彼は渋い顔で「子どもの悪戯ですしな。ただの硝子玉なら、価値のある品じゃないようですから」と、一応目だけで叱る振りをする。

茜は下唇を噛み、ごめんなさいと呟く。

「そうかァ、そりゃあ気になっちゃうし、怖かったなァ。でも茜ちゃんは止めたんだから、何も悪くねェよ。それにもしも天狗が取り返しに来たとしてもよ？　この八卦見左門サマも、至心館の公子様もついてんだから。茜ちゃんは絶対に大丈夫だ。友達も戻ってくるさ。な？」

「……うん」

首に抱きついた茜の後ろ頭を、左門は大きな手で撫でる。そんな様を眺めていると、あの無頼な男が、地に足の着いた真っ当な人間に見えてくるから不思議なものだ。トヨと夫婦で茜が娘だと云われても、今は何もおかしく思わない。

「そんなら茜ちゃん、ちょっと公子様を借りてくな。お姫様をお守りする算段を立てなきゃなんねぇからさ」

左門は茜を膝から下ろすと、トヨと刑事の肩まで気安く叩き、先に階段を下りていく。宗一郎は息をついて後を追った。

「センセイ。トミちゃんってのは、最初に誘拐された子な。二日目が洋子ちゃん、昨日がマサちゃん。皆、丑三つ時に忽然と姿を消している」

左門は下駄をつっかけて戸口を出る。脇に座り込んでいた警官が、急いで避けて通してくれた。彼が気不味げなのは、握り飯を食っていたからだろう。

「こりゃ良いとこに。一口分だけ分けとくれよ」

「ええ？　でも食べかけですよ」

「左門、いくら何でも意地汚いぞ」

「ちょいと失礼」

慌てて止めに入るも、左門は本当に失礼な事に、握り飯の角を摘み取り、挙句の果てに宗一郎の手にペッとなすりつけた。

「おい！」

「使うまで持っといて」

宗一郎も飯を取られた警官も、眉間に皺が寄るばかりだ。

左門は空を見上げながらふらふらと、家屋の周りを巡り始める。これ以上の悪さを働かせてはならんと、宗一郎も手の平に飯粒をのせたまま後に続く。

屋敷の林が風になぶられ、不穏に揺れている。雨が降り落ちて来そうな、水っぽい匂いがする。空はもう赤い色に染まり変わっている。天狗の登場には相応しいような空だ。

左門は懐から、先の折り紙遊びの作品を取り出した。左右に耳らしきものが飛びだした、白い菱形。それにフッと息を吹きかけ、宗一郎の手から取った飯粒で、家屋の壁に貼りつけた。飯粒は糊の代わりだったかと納得したが、意味が分からん。

「狐なんて飾ってどうする」

「あー、ハハ、そうも見えるか。こいつは矢羽根《やばね》だよ」

左門はぐるりと勝手口の裏まで回って、壁にその矢羽根を貼っていく。天狗が入って来られないように結界を張っているのだそうだ。

剣道道場でも正面に神棚を飾り、道場を神聖な結界としている。また試合相手と向かい合う前、蹲踞《そんきょ》でいったん腰を落とすのも、結界に入る為に礼を尽くす所作だと父から教わった。剣の道を阻む障魔を隔てる結界があるのなら、天狗を隔てる結界もあるかもしれない。理屈は分かる気もするが、やはり今回の騒ぎの元凶が天狗とは思えない。

だがまぁ、これで茜とトヨが安心するのなら無駄な事とは云えなかろうと、宗一郎も愚痴を引っ込めた。

　東西南北に加えて鬼門の位置に矢羽根を貼る左門に付いて行きながら、宗一郎も不審者が侵入して来られそうな場所を探す。しかし勝手口や外に突き出た配管の前には、既にしっかりと警察が立っている。

「君は本当に、偽物の雷玉を盗んだせいで、天狗が子どもらを攫っていると考えているのか」

「いんや、天狗とは思ってねェよ？」

「ほう。ではこの前話していた、山の墓の主が犯人だと？」

　彼は五つ目の矢羽根を貼り、ふんと鼻から息を吐く。

「まだ順番が整いきってない気がするから、何とも云い切れんけども。天狗山が、昔の誰かの墓があった山だったとしようよ。墓ってのは陰氣が溜まりやすい場所でね。そこに置かれた硝子玉を正身にして、滞った陰氣から氣生が生まれ――、」

「また氣生とやらか！　その氣生が子どもらを誘拐していると？　君の理屈で説明したら、硝子玉の持ち主の勇さんが氣生だという事になってしまうじゃないか。彼が子どもを誘拐なんてする訳がないし、生きている真っ当な人間だぞ」

「氣生を作んのは死者に限らねぇし、勇の爺さんじゃなくったって、何十年も祠に置いとかれてる間に、肝試しやらお参りで、他の人間が深い縁を結んでいるかもしれんだろう？」

　まだ宗一郎の手には、一粒の米が残っている。左門はそれを折り紙の最後の一つの裏につけると、耳に顔を寄せてきた。

「あんたと外に出たのはね、トヨさんの前じゃ、しづらい話があるからだ」

「なんだ」

「昨夜はケロッとしてたんだがね。茜ちゃんの死相が、さっきから急に濃くなってきた。今夜が、彼女のお迎えの番だよ」

　宗一郎は顔を顰めて、八卦見から身を離す。左門は彼らしくない深刻な色の瞳を、遠い天狗山の方角へ向けた。

「氣が乱れて氣生が生まれたならば、最初に影響するのは縁の太い間柄、即ち〝縁者〟からだ。硝子玉を持って帰った事で、氣生とトミちゃんの間に縁が結ばれて、あちら側に引っ張られた。そしてトミちゃんが縁の糸を引いて洋子ちゃんを、彼女はマサちゃんを引っ張った。こうやって縁の太い相手を芋づる式に次々引いちまうのを、俺達は〝友引〟と呼んでいる。ご縁ってのは恐ろしいモンなんだよ。しかしまァ、あんたは信じなくていいんだ、こんな話は」

　だがねセンセイ、と左門はいったん区切り、宗一郎を正面から見据えた。

「俺達の今夜の務めは、一つきりだ。茜ちゃんの縁を引っ張ろうとする氣生を、決してこの家に入れちゃならん」

左門は二階の応接室に戻ると、卓子の上に乗り上がり、天井のランプの脇に最後の矢羽根を貼った。

「天地しばしば開闢《かいびゃく》時に随って、東西南北、四維《しい》上下、青黄赤白黒の相、自然《じねん》に現《げん》じ、今小田原トヨ宅に悪魔の結界を成し給う」

数珠を手に掛けて行者らしいような願文《がんもん》を唱えた彼は、卓子から下りてくると、不安げな茜の髪を掻き混ぜた。わざわざ腰を落として彼女を覗き込むのは、既にいつもの放蕩八卦見の、だらしのない笑顔だ。

「もうこれで安心よ。天狗が来ても入れねぇし、人間の悪者だったならば、警察がやっつけてくれんだろ。しかもなんと、柳田センセイはどっちも叩っ斬れる最強の公子様だ」

宗一郎は眉が上がってしまうが、茜のすがる眼には無言で頷くしかない。

「イワシの頭も信心ってヤツですな」

刑事は宗一郎寄りの人間らしい。天井の折り紙を胡散臭い目で見上げ、肩を竦めた。

※

小田原家の女中が用意してくれた膳を交代で食い、茜は煌々と明かりの灯る応接室の寝椅子で、掛け布団にくるまった。

異変をいち早く察する為に、窓の掛け布も開け放したままだ。

「お母さん。目が覚めたら、天狗の巣に居たらどうしよう……」

「そんな事あるもんですか。朝までずっと手をつないでてあげるから。安心してお休みなさい」

握り合わせた母の手に、茜は頰を寄せる。しかし目を瞑るのも怖いようだ。疲れきった親子を眺めるに、宗一郎は哀れになってしまう。

「茜さん。僕が必ず君を守ろう。心配は無用だよ」

寝椅子の前に膝を突き、不器用な約束を口にしてみたが。茜はサッとつむじまで布団に隠れてしまった。

「……やはり、父のようには上手くいかん」

ぼそり呟いた宗一郎に、左門があはっと笑う。

「これ以上なく上手くいってんじゃないのよ。あーあ、鉄の四角い頭の中で、豆腐が干からびちまってんじゃねぇの」

「君の喩えは、さっぱり分からん」

宗一郎と左門のやり取りに、トヨが少し笑ってくれた。

茜が寝入るまでとお喋りを止めると、時計の振り子の音と、薄い硝子窓を揺らす風の音だけになる。外で警邏《けいら》中の数人は、きっと寒さに身を縮めているだろう。順番で代わってやれば良いのにと刑事を見やると、彼は咳払いをして窓の向こうへ顔を背けた。

宗一郎は木刀を抱いて椅子に掛け、蓑虫《みのむし》になった茜の、母とからめた小さな指を眺めている。左門は欠伸を嚙み殺す。女中がたまに茶を配りに二階に上がって来る他は、何の動きもないまま、緩慢に時が過ぎていく。刑事は徹夜の張り込みに慣れているようだが、日没と共に休み、日の出と共に起床する習慣の宗一郎も、瞼が重たくなってきた。

（素振りを始めたら迷惑か）

天井の瓦斯ランプの傘はいかにも洒落ていて、うっかり砕いたら詫びのしようもない。

と、その脇に貼られた矢羽根の折り紙が、端から剝がれかけている。じっとりと濡れているようだが――。

げる。
「いや。来なすった」
左門が天井を見上げ、低い音で呟く。同時、時計がぼうん、ぼうんと丑三つ時を告
「雨漏りか」

天井の隅がミシッと軋む音を立てた。
刑事は立ち上がり、左門は落ちかけた札を凝視する。トヨは娘を起こさぬように、
体の両脇へ腕を突いて庇った。
「……あたしの生まれた方じゃ、夜に家が鳴るのを〝天狗の見回り〟って云うの」
ミシッ。ミシッ。
今度は反対側の隅からだ。
「奥さん。冷え込んで壁が縮んだんですよ。怖がるような事じゃありません」
刑事が薄笑いを浮かべて云う。しかしその横顔も強張っている。
宗一郎は耳を澄ませて気配を探る。試合相手と切っ先を突き合った時のように、首
の後ろの肌がぴりぴりとする。
真上から、甲高い笑い声が響いた。
(子どもか!?)
宗一郎は木刀を上に向ける。

すぐさまドタドタと、数人が荒っぽく天井を駆け回り始めた。

今ので目覚めてしまった茜は、震え上がって母の胸に飛びつく。左門が茜の手を握りに行った。

ドン、ドン、ドンッ！

札を貼った真上の位置で、誰かが一斉に天井を踏み鳴らしている。矢羽根の端が少しずつめくれて、今にも落ちそうだ。

——……せ！

——玉を返せ！

「トミちゃんの声！」

茜が悲鳴を上げ、耳を覆った。

「おい、外の奴らは何をしとるんだ！　屋根の上の犯人を——、」

「駄目だよ、開けちゃ」

刑事が窓から首を出そうとするなり、左門が妙に迫力のある声で止めた。

「外のお仲間さんには、どうせ見えちゃない。こっちより縁が薄いからね。大丈夫だよ、あいつらは中には入って来られない。あんたが余計な事をしなけりゃだがね」

つまり、窓を開けるか天井からあの札が落ちれば、中に押し入って来るのか。人攫いの天狗と、その子分になってしまった小天狗達が？　馬鹿を云うなと、宗一郎は木刀を握り直す。

「天井の上に居るのは、人間の誘拐魔と、恐らくそいつに上手く云いくるめられた、攫われた子どもらだ」

「そうね、あんたはそれでいいんだよ。それが強さの秘訣なんだから」

何だか知らないが、左門は唇の端を持ち上げる。

宗一郎は天井の足音の方へ切っ先を向け、腹の底まで息を吸い溜めた。

「聞け、誘拐魔よ！　罪無き親子を脅して悦び、連日世を騒がせるなど迷惑千万、非義非道の行為なり！　今すぐ攫った子らを返し、貴様は自首をせよ！　さもなくば斬り捨てる！」

張り上げた声に、怒鳴り返すように屋根が踏み鳴らされる。ランプが大きく左右に揺れる。乱暴な足音は家の周りの四方八方を駆けずり始めて、家が軋んで悲鳴を上げる。

宗一郎は親娘を背に守り、木刀の切っ先で気配を追い続ける。東の壁側に一人。真上で四股を踏むのが一人、北に一人。今、西に一人が走って行った。足音の数は四つ。やはり攫われた子の他に、もう一人誰かが、そう、誘拐魔が来ているのだ。

「うひぇ！」

窓際の刑事が腰を抜かしてそっくり返った。

「今、子どもが、窓の向こうをヒュッと走って……！」

二階の窓の外を、子どもが宙を飛んで横切ったとでも云うのか。刑事ともあろう者が、己の恐怖心に囚われてまやかしを見ているらしい。

(刑事《あいつ》は頼りにならん)

宗一郎は間合いを計りながら怒りに呻く。誘拐魔は子どもの純粋を利用し、犯行に加担させているのだ。どう云いくるめたのか知らないが、誘拐された子三人が纏めてここに来ているのなら、いっそ話は早い。犯人を捕獲し、子ども達も一息に保護するまでだ。

宗一郎は部屋に目を走らせ、刑事が座り込んだ窓へ留める。

(あの出窓を足場に、屋根へ上がれるか？)

ジリジリと窓の方へ向かおうとするが、

「動くな！」

真後ろから、鋭い一喝が轟いた。

骨に響いた衝撃に、宗一郎は凍り付いて動けなくなる。

まさか今のは、あの八卦見が。疑う間もなく茜が泣き出した。

「やめてよぅ、皆やめてよぉ……っ」

——か〜えせ、返せ。

――天狗のたぁまを、かぁえ～せ。

外の子らは唄って囃し立てる。

「私、天狗の玉なんて持ってないよ！　持って行ったのはトミちゃんでしょ！」

そう叫ぶと、茜はひゅっと喉を鳴らし、やにわに咳き込み始めた。

「茜、どうしたの!?」

トヨは蒼白になって肩を摑む。何か喉に詰まっているような咽せ方だ。左門が背中を強く平手で打つと、口から何かが飛び出した。それが宗一郎の足元まで転がってくる。活を入れられたまま金縛りにかかっていた宗一郎は、ようやっと我に返り、それを拾う。透明な硝子の玉だ。

――か～えせ、返せ。

――天狗のたぁまを、かぁえ～せ。

――か～えせ、か～え～せぇ～。

外のけたたましい笑い声が遠のいていく。

頭上は急に静かになった。

刑事は桟《さん》に取り縋り、大きく窓を開け放つ。

「おい！　追え！」

「え、ええ？　誰をです!?」

「今居ただろうっ。屋根の上を走り回ってたのが！　あっちへ逃げていったぞ！」

刑事の指差す方角へ、幾つもの足音がばらばらと追い掛けていく。

「……うまくねェな」

宗一郎の手の平から玉を摘み取った左門が、重たい声で呟いた。

※

茜が吐いた玉は、勇の話どおりの〝雷玉〟だった。一寸ばかりの球の尻に、根元を叩き割った跡がある。トミが持っているはずの物が、なぜ茜の体内から出て来たのか。しかも角度が少しでも違ったら、この尖った部分で喉の肉を傷つけていたところだ。

逃走をはかったあの足音の主達は、捕まえる事ができなかった。外を警邏していた十余名は、誰一人として足音や笑い声などは聞いておらず、ただ風の吹き荒ぶ夜だったと話すばかり。

警察の面子は、責任者の刑事を残して休憩交代となった。

宗一郎も一刻ばかりアトリエで雑魚寝させてもらい、目覚めた時にはもう空は朝焼け、深い青色だ。

（朝稽古に人が集まる前に、いったん道場へ帰らねばならんな）

左門は隣で気持ち良さげに高鼾だ。宗一郎を一喝して動きを止めた男が、なんと間抜けな面だ。不意打ちの一撃で一本取られたような悔しい気持ちになって、わざと足を踏み付けながら応接室へ出る。

するとと、寝椅子で娘を寝かせたトヨが、卓子に置かれた硝子玉を青褪めた顔で睨んでいる。

「まだ休んでいなかったのですか。今のうちに寝ておかないと、持ちませんよ」

「ねぇ、柳田センセ。これのせいで天狗が寄って来るんでしょ？」

「左門はそのように云っていますが……。この雷玉は偽物です」

宗一郎が云い切ると、彼女は素早く玉を摑み、宗一郎の手に押し付けてきた。

「山に戻して来てほしいの。何処かへ捨てちゃうんでもいいわ。こんな恐ろしい物があったら、今度こそ茜が連れて行かれちゃうじゃない。ね、お願い」

疲れきって乾いた眼で見上げられ、宗一郎は逡巡した。

「刑事さん。これは外へ持ち出しても構わないのですか」

「……はぁ、そうですな。現実的に理論的に考えて、誘拐犯には直接関係の無い……というか、持ち込みようの無い非現実的な物ですし。もしも天狗がそれを狙って来ると云うのなら、むしろ、この場に置いておくのは宜しくない。しかし、天狗なんて、この文明社会に居るはずはありませんからなァ」

「何を云っているのか分かりません」

「センセ。この人達も、怖くて自分じゃ捨てに行けないから、センセにお願いしたいって云ってんのよ」

トヨに玉を握り込まされ、宗一郎は眉間の皺を深くする。刑事も「そんな事はありませんがね。ここを離れる訳にいかないもんですから」とむっとする。

どうしたものかと迷ったが、どの道、至心館に戻って今日の稽古を勇に頼みに行かねばならない。中野の天狗山まで行って帰る時間は無いが、この硝子玉は元々勇の持ち物だ。本人に扱いを訊ねるのは、道理に適っているように思える。

結局、宗一郎は硝子玉を懐に、小田原家を後にした。

薄曇りの空の下を歩いて木村組の事務所に到着すれば、勇は既に仕事へ出る支度を始めていて、危うく擦れ違うところだった。

「ああ、そうそう！　まさにこれだよ、俺が祠に置いてったのは。懐かしいなぁ」

勇は目を細めて手の平に玉を転がすと、紙に包んで棚の引き出しに突っ込んだ。

「手元に置いておくのが不気味でしたら、後日僕が祠に返すなり、捨てて来るなりしますが。勇さんは大丈夫ですか」

「馬鹿を云いなさんな。どっからどう見たって、ただの硝子だよ。その子の口から出て来たのもさ、本当は自分が盗んじまったんだけど、親に叱られるのが怖くて、一芝居を打ったんじゃないかね。頰っぺたに入れて隠してたのを、吐いたフリでもしてさ」

「ですが、そういうズルをする子にも見えませんでした」

「そうかァ。ならどうして――って、おっといけねぇ。宗さん、俺はもう仕事に行かなきゃだ。今日は現場が遠くてね。夕稽古は頼まれたから、その奥さんとお嬢ちゃんに付き合ってやんなよ。宗さんが居てくれりゃ頼もしいだろうさ」

彼と別れた宗一郎は、道場に「朝稽古は休み」の紙を貼り、菊代への置手紙を残して、再び新興住宅地へ向かった。

小田原家の戸を叩くまで、小一時間と経っていないはずだが。

「センセ！」

「柳田さん！」

色を失くしたトヨと刑事に出迎えられた。

刑事が手にのせて差し出してきたのは、透明な硝子玉だ。宗一郎は目を剝いて、その玉の裏に、折れ傷があるのを確かめた。今しがた勇に返却したはずの物と、間違いなく同じ物だ。

「――なぜ」

「茜がまた吐いたのよ。センセ、あの玉どっかにやってきてくれたのよね!?　なのになんで」

「僕は元の持ち主に返して、玄関の棚に収めるまで見守りました」

しかしその後、犯人が盗みに入って持ち出したのか？　だがどうやって茜の口に仕込んだのだ。

可哀想に、茜はすっかり参ってしまい、一階の座敷で臥せっているそうだ。だのに左門はまだ寝汚くアトリエに転がっていて、役立たずだと。

「飯を炊いてやって下さい。何をしても起きませんが、飯の炊ける匂いがすれば勝手に起きて来ます」

宗一郎は玉を取り、来た道を取って返した。周りに人の気配が無いのを確認してから適当な藪に入り、地中深くに埋める。これで何人たりとも掘り当てる事ができないだろうと、満足したが。

小田原家に戻れば、刑事が戦慄きながら、また茜が玉を吐いたと云う。

今度は妙正寺川に投げ捨てて、ほとんど走るようにして戻ってきた。だが、まただ。

「こりゃあ、本物の……」

刑事が呟いたその言葉の後は、「天狗の仕業」とかそんな処だろう。茜は力なくトヨの胸にもたれ掛かり、トヨの方も、もうどうすれば良いのか、途方に暮れて涙目で顔を伏せる。宗一郎は手の平の硝子玉が憎らしくなってきた。

（誘拐魔は奇術師か？　それとも誘拐魔ごと、僕らが見ているまやかしなのか）

「あれェ、なんだか大変な事になってる？」

階段の上から寝惚けた声が降ってきた。立ち上る飯の香りに釣られた八卦見が、ようやく目覚めたらしい。

小田原家の朝飯は純粋な白米だ。それも朝からオムレツに、サラダなる生の葉っぱの盛り合わせまで添えてある。外を張っている警官達には、握り飯と厚焼き玉子が差し入れられた。

しかしこの家の主人のトヨも茜も食欲どころではない。食べ物を見るのも辛いと云って、下の階で休んでいる。

宗一郎は食べ付けない生の葉をヤギのように食みながら、隣で図々しく白飯のお代わりを頼む男を睨んだ。

「寝起きから、良く胃に入るな」

「これから、やらにゃならん事があるもんさ。うっかり俺が引っ張られちまったらコトだよ。体力を付けておくに越したこたねェの」

「何か方策があるのか」

「そうね。あんたのお蔭で、そこらに捨てても無駄なのは分かった。たとえあんたが木刀でぶち壊しても駄目だろうね。これは正身の本体じゃなくて、氣生として凝っている氣の一部だ。自分自身は結界をくぐれないから、茜ちゃんに繋がった縁の糸を使って、一部だけ送り付けて来やがったのよ。結界の中に足掛かりを作って、ちょっとずつ押し入ろうとしている。今は小さなヒビでも、陰氣の強まる夜中にゃバリッとぶっ壊されかねねぇな。やっぱり今の内に、元凶を潰さにゃいかんって事だ」

「君の氣生とやらの説はさて置き。その元凶は、何処に居るのだ」

左門は眉を上げて、飯をかっ込む。

「これから調べんのよ。さて、引かれねぇくらいの気力は戻ったかな」

左門は腰を浮かせ、卓子の硝子玉をつまむ。

「どうするのだ」

「こうすんのよ」

彼は硝子玉を口に放り込むなり、ごくりと呑み込んだ！

喉が大きく動く様に、宗一郎も刑事も、あっけに取られる。左門は暫く瞑目していたが、階下から咳き込む声が響いてきた。

「おっと、あっちに出たか」

階段を駆け降りていく左門に続くと、茜がまた玉を吐き出した処だった。

「すまんね、苦しかったね。でも、これでお終いだから大丈夫だよ」

左門は茜の背を撫でてやりながら、宗一郎を見返った。それはもう答えを知っている者の、余裕ぶった顔つきだ。

「そいじゃあ行きますか、柳田センセイ。勇の爺さんは、今何処に居なさるかね」

※

宗一郎は左門と共に木村組の事務所を訪ね、細君から現場の住所を聞き出した。ついでに玄関の棚を確認させてもらったが、硝子玉は包んだ紙を残して消えて無くなっていた。

「余程の腕前の奇術師が居たものだ……」

雑司ヶ谷《ぞうしがや》へ向かう人力車の中で呻くと、左門が小さく笑う。

「あ、そういう感じで納得することにした訳ね」

「もしくは、あの玉も誘拐事件自体も、全てがまやかしなのかもしれんと思い始めたところだ」

「フッ、アハハ！　成程その通り、この世の全ては所詮まやかしよ」

楽しげに笑われて、宗一郎はむっと唇を引き結ぶ。

「氣生が何だと、僕を説得するのは止めたのか」

「それがねェ。あんたはそのままで居てくれた方が、俺にゃァ都合がいいって気付いちまって。そのまんま、自分の道を真っ直ぐ突き進んで下さいよ。そんでいざとなったら、俺も助けてくれるかね」

「なんだそれは。女子どもでも無し、君は自分で誘拐魔と対決してみせろ」

「オレァか弱いのよ。……約束な。頼んだよ、柳田宗一郎センセイ」

左門は長い髪を風に吹かれながら、宗一郎に目だけを動かす。その瞳が思いの他、真剣に、否、深刻に見えて、宗一郎は眉根を寄せた。誘拐魔との対決の話ではなかったか？　ならば何時のいざだ。

「勝手に約束をされても困る。頼み事をするならばきちんと説明しろ」

「同じ釜の飯を食った仲じゃねェの。ケチケチしなさんな」

左門はまた摑み処のない笑い方だ。借金取りにでも追われているのかと問い詰めようとしたところで。

「――あれ、宗さんに左門じゃねぇの！　こんな処までどうしたんだい」

空から声が降ってきた。揃って首を上げれば、二階建ての梁に跨がった勇が、笑顔で手を振っていた。

「この連続誘拐事件は、あんたじゃないと解決できねぇんです。あの子を、迎えに行ってあげてくれませんか」

左門が珍しく礼を尽くして、身を折って頭を下げた。

勇は面食らったが、「よく分からんが、俺が行けば誘拐された子が帰ってくるんなら、何処だって付き合ってやるよ」と同行してくれる事となった。

「勇さん、仕事は大丈夫でしたか」

「もう後の奴らがしっかりしてるからさ、俺なんてとっくに引退していいんだよな」

天狗山の祠への道。勇は笑いながらも、既に息が細切れだ。

「ほら、あそこ御覧よ。墓の石室だったモンじゃないかね」

先導に立つ左門の視線は、横手の茂みの中、土砂に圧し潰された石舞台に向いている。

「大きな石板が重なっただけの物に見えるが」

「あれが誰かの墓なのかい」

勇と思わず顔を見合わせる。

「そうね。江戸時代に燃えちまったって本物の雷玉も、たぶん石室に一緒に葬られたお宝だよ。瑪瑙《めのう》って知ってるかね？　あれは木の年輪みたいな縞模様が出る石なんだけどさ。それの白いのを白瑪瑙ってんだ。寺の記録帳に残ってんのはそれじゃねぇかな」

「君は意外にも学が有るのだな」

「やだよセンセイ。そんなのねェよ。ただ、占いなんてやってると、こういうのに自然と詳しくなるもんでね」

ぬかるんだ土に下駄の歯跡を刻みながら、三人は朽ちた木の階段を登っていく。地面のどんぐりが踏みしだかれて、パキパキ音を立てる。

見上げれば、細道の左右に育ちきった杉は、そろって風に煽られ身を激しく揺さぶっている。

「本当に天狗でも飛び回ってそうな風だね。なぁ左門よ。俺が祠に行って、子ども達はどうにかなんのかね」

「うん。爺さんにしか頼めないんだよ」

「この老いぼれが役に立つなら、子ども達の代わりに天狗にでもなってやるけどさ。訳が分かんねぇや。なぁ、宗さん」

天狗の雷玉など偽物だと笑っていた勇が、今は天狗の神隠しを信じているような口ぶりだ。硝子玉を茜が幾度も吐いた話と、山のおどろおどろしい空気に、すっかり呑まれてしまったらしい。

「ここが誘拐魔の根城なら、僕は叩き潰すのみです」

宗一郎は前を睨み、きりりと云い切る。

「ハハ、そうか、そうだよなァ。俺も木刀を持ってくりゃ良かったよ」

ちょっと待ってな、と、勇は膝に手を突いた。息も荒れているが、さっきから足首がしんどそうだ。骨折から大事を取っているから、筋力が落ちているのだろう。

「……まずいね。陰氣が増してきた。黄昏時までは時間を稼げると思ってたけど、ぁちらさんも動き出しそうだな」

左門が宙に翳した手に、ぽつりと雨の滴が散った。真上の楓の葉に、銀の軌跡が一筋、足元に一筋。降り出した雨は、あれよと云う間に強くなり、大粒の雫で山肌を打ち付け始めた。

空を覆う梢のお蔭で幾分マシなものの、三人の頭も肩も見る間に濡れて重たくなっていく。

「雨の暗がりを狙って、小田原家に再び誘拐魔が現れると云う事か？　ならば僕らもあちらへ戻ろう」

「いいや、まずは順番を正さねぇと、収まるもんも収まらんのよ。だけど急いだ方がいいな。茜ちゃんが引っ張られちまう前に」

ほれ急いで急いでと手招く左門に、宗一郎は勇の背を支えながら、目が冷ややかになる。

「君が朝寝などしているから、時間が足りなくなるのだ」

「へぇ、お言葉ですがね。俺ァ、丸一晩も結界を張ってた功労者よ」

「その結界とやらが誘拐魔に効果があるのか知らんが、一晩の徹夜くらいで音を上げるとは軟弱だ。やはり君は今一度鍛え直すべきだ」

「説教は眠たくねぇ時にしてくれや。俺はね、賽より重てェもんは持たない繊細な作りなんですよ。ああ、そういやあんたも、鉄みてぇな四角四面の真面目野郎と思いきや、中身は意外と繊細なお豆腐ちゃんなんだっけね」

「な……っ」

他人からここまで悪様に挑発されたのは初めてだ。宗一郎は木刀の柄頭に手をのせ、水たまりの泥に足を踏ん張る。

「おいおい。すぐ刀に手が出るのは良くねぇ癖だぜ。そんなんじゃ、そのうち本当に周りから怯えられちまうよ」

「君のような堕落しきった人間に説教される筋合いはない。君こそ、腐りきった頭も体も一から鍛え直してみたらどうだ」

鼻で笑う左門に睨む宗一郎。勇が間に割って入って、濡れた白髪を掻き上げた。

「なぁにやってんだい。ほら、その茜ちゃんってのが大変なんだろ」

先頭を歩き出した勇は、やはり足を庇っている。だが肩を震わせて、どうやら笑っているではないか。

「宗さんに、こんな若者らしい処があるなんてね。いいご縁があって良かった良かった。久子ちゃんに友達ができたぞって見せに行ってやんなよ。きっと喜ぶよ」

「こいつは友人などではありません。姉に会うのも、次は来年の正月過ぎです」

勇相手に強くは云えぬが、せめてもの抵抗に呟く。しかしこの男とは毎度これきりと思うのに、とんだ腐れ縁になりつつある。首筋が薄ら寒くなってきた。

雨脚はますます激しくなり、遠くの空に雷すら鳴り始めた。茜達はよっぽど不安だろうが、左門は祠を目指すと云って振り向きもしない。

道は益々勾配がキツく、足場もぬかるんで不確かになっていく。幾度も足を滑らせる勇に肩を貸し、ひたすら前へ足を出し続ける。

「昔のあの日を思い出すよ。こんな雨ン中を、源太と安三と転げるようにして走って降りてさ。祟りで雷が鳴り出した訳じゃないって、俺が一番分かってんのに、本当に怖くなっちまって、間抜けな話だよな」

「実際、山の中の雷は危険ですから。おい、左門。一度休もう」

折よく、岩盤が抉《えぐ》れて雨宿りできそうな場所が、木立ちの向こうに覗いている。

「……いや、向こうからお出迎えが来たようだぜ」

左門の見つめる山道の先は、雨に騒ぐ木々ばかりだ。しかし上から数人の高い声が近づいてくる。

宗一郎は咄嗟に勇を背に庇い、木刀を抜く。誘拐魔と子ども達かと思いきや――、山道を降りて来るのは、三人の少年だ。

尋常小学校の年頃だろうか。先頭には体の大きな、如何にもやんちゃな顔つきの少年。その隣に、凜々しい面立ちの少年が続き、最後、下がり眉の少年が今にも泣き出しそうな必死さで二人を追っている。

「おいおい、嘘だろォ」

掠れ声で呟いたのは勇だ。宗一郎の肩から身を離し、迫ってくる三人にごくりと喉を鳴らす。

「宗さんにも見えてんのかい？　俺だよ。あれ……俺だよ」

「え？」

問い返した宗一郎の代わりに、道の先の左門が頷いた。

「うん。さっき硝子玉を呑んで見たよ。爺さん達の小さい頃だよな？」

左門が道の真ん中に立っていると云うのに、少年達は全く速度を落とさない。

「ぶつかるぞ！」

左門を摑み寄せようとした処で、少年の体が、左門の腹を擦り抜けた。三人はそのまま宗一郎と勇の体も掠めていく。

「ま、まやかしなのか」

何の感覚もなかった。身を捻って彼らの背を目で追うと、しんがりの子が、木の根に足を取られて引っくり返った。

『勇！　大丈夫かよ』

『安三、待ってよぉ』

二番手の凜々しい少年が足を止め、泣きべその彼を助け起こす。

（勇さん？）

あの、おどおどとした少年が？　いや、二番目――安三と呼ばれた彼の方が勇だと思っていた。勇少年はヒョロヒョロと線が細くて頼りなげで、今の彼の面影は無い。気弱だと聞いていた安三の方が、親切に転んだ勇を助けてやって、むしろ今の彼に近い印象だ。

先頭の少年――となるとこちらは源太か。彼は苛々と足を止め、空を見上げた。梢に覆われた隙間が白く光る。その直後、山ごと揺さぶるような音を立て、雷が落ちた。

『早く逃げるぞ！　天狗様に雷を落っことされちまう！』

『源太、大丈夫だよ。とにかく雨宿りしようぜ』

木立ちへ入っていく安三に、源太は納得しきらない様子で、勇少年の方はぶるぶると震えながら付いて行く。彼らは岩場の庇の下へ、雀のように身を寄せ合ってしゃがみ込んだ。

数十年後の当人は、あんぐりと口を開け、過去の自分の姿を凝視している。

ゴロゴロと雷を抱いて唸る空に、源太も大きな体を縮こめる。すると横から安三が、勇の握り締めていた硝子玉を取った。

『あのな、この雷玉、偽物なんだ』

雨の垂れ幕の向こうから、彼らの会話が不思議とはっきり耳に届いてくる。エッと驚く源太と勇同様に、宗一郎も眉を寄せた。話が妙だ。

(偽物と知っているのは、勇さんだろう？　勇さんが安三の為に、家の硝子瓶を壊して、祠に入れたんじゃないか？)

『これ、俺の母ちゃんの鏡台にあった、瓶の取っ手なんだよ。だから本物の雷玉じゃない。こんな偽物を盗んだって、天狗が怒るはずないんだよ』

勇から聞いた通りの話を、安三少年がそのまま語る。

『ほうら。ここに蓋から割って取った跡があるだろう？　これが証拠だよ』

彼が空に玉を翳した、その瞬間だ。

閃いた光に視界がカッと灼《や》け、耳をつんざく雷鳴が響き渡った。三人は悲鳴を上げてお互いを抱き締める。

安三が手の平を改めて開くと、源太も勇もヒェッと飛び退いた。

ただの硝子のはずの玉が、緑の光を放っている。その光は如何にも妖しく、まさに雷玉だ。

腰を抜かして尻を泥まみれにした二人に、安三は噴き出した。

『なんだよ、源太だって勇の弱虫を笑えないぞ。——あのな、これはウラン硝子ってもんなんだ。朝日や夕日に当てると、こんな風に光るようになってんだよ。長崎の土産ものなんだ』

するとぱちくり目を瞬いた幼少の勇が、首を傾けた。

『……え？　どういうこと？　じゃあ、安三の家にあった偽物が、山神様の祠に入ってたの？　なんで？　本物の雷玉は何処に行ったんだよ。さっき祠の中は、神様の像と、この玉しか無かったよ』

質された二人は、気不味く顔を見合わせる。

『なぁ、源太。俺は偽物なんて作ってズルしたけど。お前は祠に本物が無いのを知ってて勇を焚き付けたのは、ズルだったよな？　だけど勇は何のズルもしてない。ちゃんと一人で祠まで登って、一人で雷玉を取った。こいつに勇気があるのは本当の事だったじゃないか。そこは認めてやってくれよ』

安三に静かな瞳で見つめられて、源太はむすっと押し黙る。暫く経ってから、ようやく重たい首を縦に振って、「悪かったよ」と勇の華奢な背中を叩いた。

今の勇は、寒さに赤くなった鼻先から雨粒を滴らせ、呆けたように少年時代の自分達を見つめている。

宗一郎は上手く言葉が出て来ない。偽物の雷玉を作って友人を守ってやったのは、勇ではなく安三の方だったのか？

左門は全てを知っている目で、静かに成り行きを見守っている。

勇は泥溜まりの藪の中へ、一歩足を踏み出した。

「勇さん」

宗一郎は思わず彼の肩を掴んだが、その手を振り払われた。彼は少年時代の自分自身の方へ、下駄で泥を撥ねながらふらふらと歩み寄っていく。

「……そうだった。そうだったよな。情けねェ弱虫は安三じゃなくて、俺の方だった。俺、なんでそんな事を間違って覚えてたんだろなァ」

雨宿りしていた三人は、勇少年を残して消えてしまった。彼も立ち上がり、未来の自分に向かって歩いてくる。

老いた彼と、少年の彼が、向かい合った。

銀の雨が音もなく降りしきり、二人を包む。

勇少年は、哀しい瞳で今の彼を見上げている。勇は皺っぽくなった顎を震わせて、苦そうに息を吐いた。

「……安三はよォ。長崎から越して来てさ。あっという間に人気者になったんだよな」

記憶を確かめるように、彼は自分に語り掛ける。

「あいつが来てから、源太の奴は俺の事なんて全然構ってくれなくなった。安三はまたすぐに長崎に戻っちまったけど、羨ましいほど良い奴だったよ。俺は仲間外れで、輪の外から安三を眺めてて、寂しくってしょうがなくて。あいつになれたらどんなに幸せだろう。あいつが引っ越して来なきゃ幾分マシだったのに——ってずっと思ってた。けどあいつはさ、弱虫《おれ》の為に、母ちゃんの瓶を壊しちまって、後で叱られただろうにさ。前の晩に、こんな薄っ気味悪い山に一人で登って、祟られるかもしれねぇ祠に行って来てくれて。怖くねぇはずなかったよな。それに気付いちまったら、俺、もう自分が恥ずかしくて恥ずかしくって、たまんなくなって……」

勇は膝を少年の前に落とした。少年は老人になった自分を見下ろし、黙ったままでいる。

「あの後、源太が、いったん天狗様に差し上げたモンを持ち出したのが、やっぱり良くなかったんじゃねぇかって云い出したんだよ。あいつも威張ってる癖に気の小せぇとこがあんだよな。で、三人で玉を返しに行ってってさ。俺は祠の中に戻しついでに、誓ったんだ。……ここに、今までの俺を捨てていくんだ……って」

(仲間外れの、弱い、寂しがりの自分を——か)

ゆえに、捨てられた勇の氣が硝子玉に凝って正身となり、年月を重ねて山の陰氣を取り込んだ果てに、玉を持ち出した子を次々と引っ張るという怪異を引き起こした。まさに〝友引〟だ。

そこに突っ立っている八卦見ならば、きっとそう説明するだろう。だが得意げに語り出すかと思った左門は、凪いだ瞳で二人の勇を見つめていた。

「勇の爺さん。連れて帰ってやってよ。置いてけぼりは寂しいってよ」

「……なんだよ。迎えに行けって、子ども達じゃなくてこいつの事かよ」

「うん」

「しょうがねぇなァ」

勇は過去の己に手を伸ばす。

二人が手を摑み合うと、少年は雨に溶けて消えてゆき――、勇の掌には只、小さな硝子玉だけが残った。そこに真ん中からヒビが入り、真っ二つに割れる。硝子の断面を、雨が見る間に濡らしていった。

動けないでいる勇の肩を、左門が慰めるように手で包む。

「ありがとな、爺さん。……あんたは安三さんになったつもりで、これまで生きてきたんだよな。いや、人間の頭なんて存外適当なモンだよ。繰り返し思い出したり他人に語ったりする内に、記憶が捻じれていくなんて事は、良く有るこった。しかも何十年だよ。爺さんがズルした訳じゃねぇ。誰だって、恰好の付く過去の方が好きだもの」

「まったくお前はひでぇ奴だな。もうすぐくたばる老いぼれに、情けねぇ、重たいモンが戻ってきちまった」

「……ごめんね」

「まだ子ども達の身代わりで天狗になった方が、気分が良かったよ」

力なく笑う勇に、頭を下げた左門も苦い笑みを浮かべた。

※

休ませて欲しいと、勇は庇の下に座って動けなくなってしまった。宗一郎が羽織を脱いで彼に掛けるなどしていると、八卦見は「これで順番は整った」と意気揚々に単独で祠を目指し、なんと、行方不明だった子ども達三人と、じゃれ合いながら山道を降りて来た。

皆、祠の周りで折り重なるように気を失っていたそうだが、最初の子など姿を消してから三日も経つと云うのに、元気が有り余るほどだ。雷が鳴る度にわあわあきゃあきゃあと左門の両腕に纏わりつく。

子ども達に小田原家の屋根の上で遊んだという記憶は無いそうだが、神隠しからの無事の帰還は、一生に一度あるかないかの武勇伝だ。興奮しきって収集が付かない。

宗一郎は勇をおんぶして、左門と子どもらの後をゆっくりと歩いていく。

「赤ん坊みたいで恥ずかしいや」

「怪我を押して山登りしたんですから、何も恥じる事はありません」

「でもよ、結局俺が原因だったんだろう？　どんな顔で、子ども達の親に詫びりゃいいんだろうなァ」

無言になって返すべき言葉を探している内に、背中の勇が益々落ち込んでいくのが分かる。

そもそもこの騒ぎは本当に、勇の氣生が引き起こしたものなのだろうか。宗一郎には信じ難い。しかし現実の誘拐魔が、何の要求も無しに祠へ全員を置き去りにするとも考えづらい。

（……氣生なるものが、本当にいるとでも？）

勇が犯人として警察に捕縛されるなんて事態にはならなかろうが、誘拐魔でも氣生でもなく、天狗の神隠しだった——と纏めてしまうのが、誰にとっても一番良いように思える。しかし勇の性格からして、恐らくこのまま無かった事にはしないだろう。

父ならば、どう励ますだろうか。

何も言葉が思い浮かんで来ないまま、宗一郎は組んだ手首の上で勇の尻を弾ませ、背負い直す。家族の誰よりも長く一緒に居る、家族のような人だ。歪めてしまった過去を突きつけられて、この人が今悶えているだろう恥ずかしさと苦しさが、宗一郎にも我が事のように重たい。しかし彼がどんな道を辿ってきたとしても、至心館に巡り合ってくれたその縁には、深く有難いと思っている。

（僕は勇さんが道場に残ってくれていなかったら、姉の結婚を心から祝福できたか分からない。今日のこの日まで道場を続けて居られたかも、自信が持てん）

寂しいと思う心など、まさに剣の道を遮る障魔だ。そんな心は剣の一薙ぎで、斬り散らすべきであろう。

……しかし。父はよく笑い、よく泣く人であったと。宗一郎だって本当に一人きりになれば辛い。

——泣いて笑うが人生よ。あんただって人間だ。それを忘れちゃいけねェよ。

神楽坂の呑み屋でそう笑った、左門の声が耳に蘇った。

足元の泥に、子ども達の小さな下駄の歯の跡が幾つも残っている。宗一郎はそれに目を落とし、一段一段を慎重に降りながら、結局、自分の胸にずっと浮かんでいる言葉くらいしか、口にできるものを見つけられなかった。

「僕は、勇さんを好きです」

その後が続かず、宗一郎は不器用に黙り込む。

勇も黙ってしまった。

そのあと二段、三段と降りると、勇は大きな音を立てて洟を啜り、「もう大丈夫だ。下ろしてくれよ、宗さん。自分で歩くよ」と主張する。彼は本当に背から下りてしまって、足を引き摺りながらも、子ども達の処へ追い付いた。

「なァ、皆。明日でも明後日でもよ、皆の家に邪魔させてくれよ。爺ちゃんさ、詫びを入れに行かにゃなんねぇんだ」

子ども達は不思議そうに彼を見上げ、いいよォとバラバラに頷く。そして今度は勇を気遣って、彼に肩を貸したり寄り添ったり、微笑ましい隊列となった。

「勇の爺さん、元気になって良かったよ。あんた、なんて云って励ましたの」

お守りから解放された左門が、宗一郎の横に並んだ。

「なにも。僕は本当に言葉が上手くない。――しかし、納得できん。勇さんは弱き己を捨てて強くなろうとした。それは善き事だろう。なぜ氣生は人攫いなど、悪い働きをした」

「ただひたすら寂しくて、友達が欲しかったんだろうさ。そもそもね、氣の巡りに善いも悪いもねェのよ。人間の善悪なんてのは霞みたいなもんだ。髷を結わないお侍と総髪《そうはつ》の破落戸なんて、ちょっと前までは正義が逆だったろうよ。人の世なんて、そんなもんさ。陰陽の氣は、人間の善悪なんてものには忖度《そんたく》せずに、網目に結ばれた縁の糸を流れて巡り続ける。壮大すぎて、俺たち人間は賽を転がして、せいぜい端っこを垣間見るくらいしかできねェのよ。人間なんてのは、大河の流れに揉まれる、ちっぽけな石ころみたいなもんだ」

左門は泥に埋もれた小石を下駄で小突き、宗一郎を見やる。その目に、宗一郎は足を止めた。

何か、諦めたような哀しい色だ。

（この男は、一体何者なのだろう。何を抱えてここまで流れ着いた？）

ずっと考えていた事がある。〝出られぬ家〟に闖入してきた時、この男は三池の依頼で家宝を捜しに来たと宣った。しかしあれは三池本人の反応からして、恐らく嘘だった。となるとやはり、宗一郎を助けに来たのではあるまいか。今回も茜の為には真剣に立ち動いていた。

軽佻浮薄を絵に描いたような男ではあるが、その心根は善に見える。だらしがないのは本性だろうが、わざと悪ぶっているのではないかと、そんな気がしてくる。

左門は大口を開けて欠伸をする。

「子ども達を届けたら、風呂に入って寝るに決めた。なァ家主さんよ。柳田家にも風呂を付けたらどうかね。銭湯に行って帰る間に冷えちまう」

「なぜうちに帰るつもりでいる。小田原家には風呂があるんじゃないのか」

「だって、あんまり居座れないもの」

「柳田家も同様だ」

ケチ臭ぇなあと笑いながら、至心館に戻る気満々のようだ。

山道の幅が広くなり、麓が見えてきた。子ども達の声も益々高くなる。もうすっかり夜になってしまったが、巻き込まれた家族も、あの刑事も、今夜こそは安眠できるだろう。

「ちょうど雨も弱くなって来たけども、これっぽちの月明かりじゃ緑に光らねぇか。見てみたかったたな」

左門が薄明かりの滲み出した雲へ、硝子玉を翳している。宗一郎は半分に割れてしまったそれを横から眺めて、今さら思い当たった。

「左門。そう云えば僕は、その玉も少年時代の勇さんも斬っていないぞ。これで怪しい事態は収まるのか」

「うん。江島の兄さんの時だってそうだったろ。あるべき処に、あるべき氣が還った。置き去りにされて滞っていた氣は、勇の爺さんの体を巡り、また何処かへ流れてゆく。本来の氣生祓いってのは、こっちが正当なんだよ。あんたみたいに力ずくでぶった斬るのは、有り得ねぇの。それはあんたが、怪異を丸きり信じない、怖いもの知らずだからできることで――」

流れるように滔々《とうとう》と喋っていた左門が、ふと真顔になった。

「あんた、氣生なんて、信じないんじゃなかったのか」

本気の眼差しに、宗一郎は唾を呑み込んだ。

「いいや。信じている訳ではない」

しかし、奇術の才を持つ誘拐魔と未熟ゆえのまやかしのせい――と考えるより、今回の事件は勇の氣生が云々の方が、真実味を帯びて見えてしまっただけだ。

「氣が揺れているよ。……良くねぇなァ」

「揺れてなどいない」

宗一郎は短く云い捨てるが、左門は怒ったように唇を引き結ぶ。なにゆえそんな責める顔をされるのか、宗一郎にはさっぱり分からない。

「左門ちゃーん、電車ごっこしましょー」

先に鳥居の下まで到着した子どもらが、こちらに手を振っている。左門は表情を作り直し、「俺が先頭なー」と笑って返す。

「君は子どもと仲良くなるのが上手いな。まさかと思うが、妻子がいるのか？」

痛い処を突かれた仕返し――とまでは考えていなかった。ふとそう考えたのをそのまま口にしただけだ。

「……ああ、田舎に置いてきたよ。女の子でね、たぶん今はあの子らくらいになってるかな」

宗一郎は幾度も目を瞬いた。左門はただ笑ってみせる。

「そんなに、何年も会っていないのか」

出稼ぎならば、もっと本気で働いているだろう。行者として修行をしている風でもない。なのに妻子を置いて都会で遊び、食い詰めれば気まぐれに占いをして、あまつさえ妻子ある身で、他の婦人の家に転がり込んでは根無し草とは。

トヨが娘をひたすら案じ、一晩中手を離さないでいた健気な姿が思い浮かぶ。それに比べて、同じ人の親が。腹の底にムカムカと熱いものが噴き上がってきた。

「……最低な父親だな」

「本当、その通りだよなァ」

行き去った雷が、遠くで重たく唸っている。罵られた左門は怒るでもなく、いつもの薄笑いを浮かべて、子ども達の処へ歩いて行った。

目白の新興住宅地へ戻ると、連れ帰った子達の親は、嗚咽を上げて我が子を抱き締めた。茜もトヨも興奮に顔を赤く染め、左門の云う死相など、もう何処にも見えない。

勇は刑事を隅へ引っ張って、事情を伝えている。しかし法の下で罰を食らうような事態にはなるまい。

（今度の功労者は、あの八卦見か）

稽古をきちんと受けるのなら、暫くこのまま柳田家に置いてもいい。不道徳に小田原家に泊まらせるより、柳田家の方がマシだ。そう云ってやろうと、あの長髪頭を捜したのだが――。

軽佻浮薄の八卦見は、いつの間にか、何処にも見当たらなくなっていた。

第四話　山水蒙

左門ちゃん、居ないんですか。

肩を下げたのは小間物屋の細君だ。彼女は何処かで見た鈴の根付を帯に付け、両手に大きな重箱の風呂敷。

「いえね、娘が以前、駅で八卦見のお兄さんに縁談を後押ししてもらったって、今更話しましてね。肩から刺青が覗いてる、ちょっと見ないような色気のあるお兄さんで、鈴を買わされたって。そりゃあ左門ちゃんの事に違いないわって御礼を云いに来たんですよ。お蔭さまで、結納《ゆいのう》の日取りも決まりましてね、お赤飯を炊いたの。左門ちゃんが帰ってきたら、食べさせてあげて下さい」

細君は宗一郎を直視せず、斜め下を向いて重箱を差し出してくる。

この目白界隈ですっかり新たな怪談となってしまった、天狗の神隠し騒ぎの一件から七日が過ぎた。左門はあの日姿を消して、それきりだ。

「あれは、もう帰ってくる事はありません。また何処ぞに流れて行ったと思います」

宗一郎は汗を拭い、木刀を持っていない方の手で、やんわりと押し返した。

「そんな……」

彼女は宗一郎の肩越しに、道場へ視線を覗き込む。中には椅子に掛け、座ったまま木刀の上げ下ろしをしている勇のみだ。

新たに入門した少年達は、左門が姿を消してから三日で足が遠のき、ここ数日、顔を見せていない。勝手に入り込んだ子ども達で溢れていた庭も、今はすっかり静まり返っている。

続々と門弟達が辞めていった頃の、あの櫛歯の欠けるような寒々しい心持ちを、また味わう事になろうとは。

宗一郎は去り行く小間物屋の細君の背をぼんやりと眺める。見上げた夕空には、薄雲の向こうに月が滲んでいる。そろそろ十五夜だ。風も冷たくなって来た。なのに何故、縁側を開け放したままでいたのだろう。左門がよく転がっていたあたりの床を踏み締め、蔀戸を下ろす。

「俺はもう上がるよ。宗さんもいい加減しまいにしなきゃ、手首を壊すぜ」

「……そうですね。お疲れ様でした」

「お疲れ様でした」

勇も心なしか元気が無いように見える。

宗一郎はあのぐうたら八卦見に苛々させられる事もなく、決まった時間の決まった仕事の調子を崩される事もなく、至極快適に過ごしている。

剣の道も、宗一郎を障魔によって試すのを、いったん休んでくれているらしい。立て続けに見たまやかしも今はすっかり落ち着いて、真っ当な暮らしが戻ってきた。

壁の門下生一覧に目をやると、子ども達用に拵えた真新しい三枚の札の、ずっとずっと離れた末席に、古札に書き付けた「旭左門」の名前がぽつねんとしている。さっき外そうとしたのだが、勇の視線が背に突き刺さるようで、伸ばした手を引っ込めた。

兎に角、座して待つばかりでは、至心館はまた閑古鳥だ。あのぐうたら八卦見が人を集められて、自分にできない理由はあるまい。

翌朝、木刀を腰に挿した宗一郎は、清戸通りへ向かった。

「うわ、柳田先生！　ほら、お前がちゃんと行かないから先生が来て下さったよ！」

よりによって忙しい時間帯に訪ねてしまったようだ。そば粉の袋を担いで出て来た父親が、軒先から奥に声を張る。すると、布団から引っ張り出そうとする母と息子のやり合う声が響いてきた。これは長くなりそうだ。

「待っていますので、夕稽古には是非とも来るように伝えて下さい」

「ハァ、相済みませんです……」

二軒目は元々剣を鍛えるよりも、畑の手伝いをしてくれた方が有難いと云う考えの家だ。

「謝礼も不要ですから、来て下さい」

「そんなら、息子のやる気が出たら行かせます」

通り沿いの三軒目も似た調子だった。

全く手応えを感じぬままバッケ坂へ戻ると、女子の一団が垣根の前にしゃがみ込んで、こっそり至心館の庭を覗き込んでいる。

「今日も居ない？」

「居なァい」

ヒソヒソ耳打ちし合う子らは、やはり左門を捜しているらしい。

奴がふらりと目白に現れて、たったの数週間。そして姿を消して七日経っても、まだこの村は旭左門を中心に回っているようだ。

(僕が居なくなっても、気付いてくれるのはせいぜい菊代さんと勇さんくらいだ)

宗一郎は息をつき、驚かせぬよう慎重に女の子達へ歩み寄る。

「もしも良かったら、竹刀を握ってみないか」

真後ろに立つまで、彼女らは宗一郎の気配に気付かなかったらしい。ひっくり返る程驚いて、悲鳴を上げて逃げていってしまった。

父のように左門のように、人を怯えさせずに距離を縮めるには、一体どんな修行がいるのだろう。

手の掛かる居候が消えてくれて意気軒高《いきけんこう》……のはずが、宗一郎は自分が項垂れている事にも気付かず、自宅へ戻った。菊代がまた左門の分まで菜を支度しているだろうと思うと、申し訳なく、楽しみな夕飯すら気重になる。何度も断ったのだが、「でも今日は戻って来るかもしれないでしょ?」と、蝿帳に大皿を入れていく。

——と、門の前に、虎猫が丸まっていた。

宗一郎が近づくと、猫は待ち構えていたかのように首を持ち上げた。

(逃げないのか)

先程から逃げられてばかりの宗一郎は、仄かに嬉しくなる。

尻尾の毛はボサボサとしているが、顔つきはまだ若々しく、腕から肩に黒い模様がある。宗一郎をじっと見つめる瞳は、夕陽に透ける明るい色だ。この猫、あの八卦見の風態に似ているが——。

「左門か?」

猫を相手に尋ねた直後、我に返った。

「……何を云っているのだ、僕は」

宗一郎は顔を赤く染め、急ぎ足で玄関へ逃げ込む。血迷うにも程がある。まるで寂しがっているようではないか。

土間の調理台に重箱が置いてあった。蓋を外すと、やはり赤飯だ。小間物屋の細君が菊代に預けて行ったのだろう。蠅帳からも、ずっしりと重たい煮物の碗が出てきた。折角の物を腐らせるのも忍びない。菊代の家は夫がいるから、柳田家より食べる口の数が多い。有難く半量ずつ取り分けさせてもらい、重箱の空いた部分に煮物を詰めて、菊代の家まで届けに行った。


その晩、妙な夢を見た。

先の虎猫が、また門の前で丸くなって宗一郎を待っていたのだ。猫は人語を話し、「わたくし、門をくぐっても宜しいでしょうか」と丁寧に尋ねてくる。

猫の身ながら礼儀を弁えている。あの大きな猫のような男より、ずっとだ。それが面白くて、宗一郎も「宜しいですよ、どうぞ」と丁寧に返した。

翌朝、道場へ出ようとした宗一郎は、目を瞬いた。

庭の植込みに、昨日の虎猫が丸まって眠っている。本当に門をくぐって入って来た。しかし留守が長い家に置いていく訳にはいかぬ。外へ出てもらおうと身を屈めたが
——、猫はにゃあと鳴き、不平を訴える眼差しだ。

（確かに、夢の中とはいえ、一度許したものを翻すのは如何なものか）

結局、宗一郎は猫をそのままに道場へ向かった。

少々心配しながらも、道場で丸木相手の打ち込み稽古に励んでいると、菊代が慌てて飛び込んできた。

「宗一郎さん、大変ですよ」

「猫が何かご迷惑を」

「猫？　いいえ、久子ちゃんから電報ですよ」

宗一郎は眉をひそめて紙を開いた。姉から宗一郎宛となっている。青枠の内側、筆のカナ文字の走り書きには、
キキュウノケン　シキュウ　コイ——と。

「何かあったんですよ。危急ですって」

「とは云え、何の危急かも書いてありません。本当に不味いようなら、そのくらい書くでしょう。藪入りの日に帰って来た時は、姉は元気そのものでした」

「夏の話じゃないの。それにうっかり用件を忘れたのかもしれないわ」

「姉はいつも大袈裟なのです」

「そりゃあ宗一郎さんに比べたら、誰だって大袈裟ですよ」

姉はとっくの昔に品川の酒屋に嫁ぎ、あちらも商売が忙しいゆえ、顔を合わせるのは年に一度がせいぜいだ。上の子は尋常小学校に上がる手前、二人目の子は一歳を過ぎた頃だ。前に子らが来た時は、やはりと云うか、宗一郎には全く懐かないまま帰っ

て行った。

品川も目白も山手線上で、行こうと思えばすぐにでも顔を出せる。

しかし、御多分に漏れず義兄は宗一郎が苦手らしい。稀に宗一郎が挨拶に訪ねると、急に奉公人に任せていた店番に割り入ったり、用事があったとそそくさ外に逃げたりしてしまう。

己が嫌なもんと弁えているがゆえに、おいそれと品川には顔を出せないのだ。

「宗一郎さん、すぐ行ってあげなきゃよ」

「いいえ。これから中学の授業です」

「あらまぁ……」

菊代は溜息一つを返事代わりに道場を出て行った。

しかし、行かぬと決めたものの、やはり気にはなる。電報を打つ余裕があるのなら、彼女自身の急病ではなかろう。息子達や義兄に何かあれば、頼るのは宗一郎ではなく嫁ぎ先の家族だ。あちらの家は古くからの酒屋で、義兄は三代目。とても真面目な人だから、商売を傾けるような事はするまい。

考えれば考える程、危急の用件が分からない。

「おい、君。人の様子を占うことはでき――、」

後ろを向いて、宗一郎はぴたりと動きを止めた。蔀戸の下は、陽ざしがちらちらちらと揺れるばかり。そうだ、居ないのだ。宗一郎は唇を横に引き結びつつ、菊代に見られなかった事にホッとした。

（……要らぬ時に居て、要る時に居ない奴だ）

あれが寝転がっていないと、道場がやたらと広く、寒々しく見えるのは気のせいか。

その後、宗一郎は定時定刻の仕事にだけ集中して一日を過ごし、夜更けと共に布団に入った。

明日は中学の授業が休みだ。そして朝も夕も、新弟子達はやって来そうにない。行く気になれたら、品川行きの電車に乗ればいいだろうと、一日の終わりにようやく結論を出した。

庭の方から猫の鳴き声が聴こえる。それがまるで、あの男の人目を憚らぬ欠伸のようで、宗一郎は寝返りを打って背中を向けた。


電報を寄越してまで急いで来いと呼び付けたのだ。手土産は必要ないか。いや、姉にはそれで良くても義兄には無礼だ。饅頭屋が開くのを待って、何か用意していこう。

そんな事を考えながら、シャツの貝釦を留めていく。立ち襟の最後の一つに指を掛けた処で、庭からにゃあと猫の声。

あの虎猫が、両脚を揃えて宗一郎を見上げている。

「わたくし、お座敷に上がらせていただいても？」

今日も喋るのか。いちいち断りを入れてくるとは、随分と礼儀を知る猫だ。

「どうぞ」

猫は嬉しそうに尾をゆらゆらと揺らす。

宗一郎はシャツの釦を留める作業に戻った。胸元から一、二、三……。

（さっき首まで終えていなかったか？）

訝しく思うが、現に留まっていないのだから仕方ない。また順番に釦を留めていく。

猫は尻尾をゆったりと振りながら、宗一郎を眺めている。

しかし、姉の用事とは本当に何なのだろうか。

少女時代の彼女は、弟を揶揄ってはくすくす笑って喜ぶ人だった。六つも歳が離れていたから、姉が全ての世話を焼いてくれて、歩けるようになるまでは、いつも姉の背中にぶら下げられていた。

自我らしきモノが芽生えてくるまでは、姉と常に一緒に居なければならぬと思い込んでいて、必然、遊ぶ相手も姉とその友人だった。その友人達も自分の弟妹を背負っていた。宗一郎は鬼ごっこや飯事に付き合わされながらも、早く道場に戻って竹刀を振りたいと、終始むっつりしていた。

尋常小学校に上がる頃には、宗一郎は本格的に剣の道へ入り、姉達からの誘いを

「断る」と云う選択肢を覚えた。天狗山の肝試しなどは、まさにその頃だったか。

宗一郎は視界の端に猫の視線を感じながら、シャツの釦を留める。

胸から一、二……。

何故だか、いつまでも釦を留め続けている気がする。


「宗一郎さん、どうしたんですか。こんな時間まで寝てるなんて」

肩を揺さぶられてハッとした。

菊代の慌てた顔が、上から覗き込んでいる。

「いえ。僕は姉の家に行く支度を――」

「もう、耄碌《もうろく》するなら私の方が先ですよ。具合が悪いのかって、肝が冷えました」

宗一郎は身を起こし、己の失態を信じられずに絶句した。夢を見ていたのか。菊代が来ているという事は、朝稽古の時間をとっくに回っている。そしてシャツの釦を留めるどころか、寝間着のままだ。

「………恥ずかしいところをお見せしました」

「宗一郎さんがお寝坊さんなんて初めてねェ。大丈夫ですよ、道場の方は誰も居ませんでしたから」

それは大丈夫でもないのだが、菊代は笑って台所仕事を始める。

「すみません。すぐに水を汲んできます」

慌てて布団を畳んで着替え、ばたばたと井戸へ出る。その間、菊代は竈に火を起こしつつ、鼻歌まで唄って楽しそうだ。

宗一郎は水瓶に桶の水を移しながら、またアッと声を上げる。

「しまった。米も炊いていません」

「ハイハイ、大丈夫ですよ。すいとんにしましょうね。嫌いじゃないでしょ？」

「はい」

菊代の手間では無いかと頭を垂れるが、彼女は煮干しで出汁を取りつつ野菜を切り、あれよと云う間に団子まで練り上げていく。無駄のない動きは技を磨き上げた剣士のようで、宗一郎が申し訳ないなどと口を挟む間もなく、もう団子が鍋に投入された。

「野菜と一緒に煮てしまうのですか」

「だって、わざわざ別に煮る必要もないでしょう。お汁だけでお腹一杯になりますからね。宗一郎さん、お鍋の様子見といて下さいな」

「はい」

宗一郎は鍋の中身を覗き込む。綺麗な銀杏の形の人参に大根、ぷりぷりとした蒟蒻が、金色の出汁の中を踊っている。寝過ぎて霞のかかったようだった頭が、ようやく輪郭を取り戻して、すると途端に腹が減ってくる。

使った道具を片付けていた菊代は、宗一郎を見返って、あらあらと笑う。

「そんな、馬鹿正直に突っ立って見てなくっていいんですよ。お団子が底から浮いてきたら教えて下さい」

「分かりました。……菊代さん。一人前につき、野菜と蒟蒻はどれくらい切るものですか。さっき粉から団子を練るところを見逃したのですが、あれは粉と水の分量は如何ほどだったのでしょう」

「ハァ？　そんなの適当ですよ。いちいち考えて作るもんじゃありません」

「……成程。究めれば、無我の境地で自ずと体が動くようになると。剣の道と変わりありませんね」

菊代は今度こそ腹を抱えて大笑いを始めた。至極真面目だったつもりの宗一郎は、顔を顰める。

「今朝は宗一郎さんとたくさんお喋りできて、楽しいわねぇ。でも、横からちょいと眺めてるだけじゃ、料理の道なんて学べませんからね。私もこの先あんまり長くもないでしょうし、そろそろ代わりを雇ったらいかがです。それともね、お嫁さんが来てくれたら一番なんですけど」

味噌を溶き流しながら、菊代は横顔を微笑ませる。菊代の代わりなんて考えてみなかった宗一郎は、何も言葉が出て来ない。

「……僕は、菊代さん以外は困ります。他の人に頼むくらいなら全て自分でやります」

「んま。すごい殺し文句だこと。左門ちゃんに似てきたかしらね」

「冗談でも勘弁して下さい」

菊代は満更でもないように笑う。箱膳への盛り付けを宗一郎に頼むと、彼女は土間の隅から脚立を引っ張り出してきて、あろう事か、乗り上がろうとする。

「菊代さん！　そういった事は僕がやります」

「そうぉ？　ランプを外して拭きたいんですけどね。ちょっと暗いわよね」

「ランプですか」

慌てて脚立を奪い、今更気が付いた。

重たい物を運ぶのや掃除、買い物辺りは気付いて自分でやるようにしていたが、ランプの火屋は近頃一度も拭いていない。それでも気にならぬ程明るく灯っていたのは――、

「左門ちゃんがやってくれてたんですよ。稽古に飽きたからお喋りしに来たとか云って、先回りして、骨が折れる事をいろいろ片してくれて」

「……そうでしたか」

宗一郎は手にぶら下げた、一晩ばかりで煤けてしまう火屋に目を落とした。

どうしようもない奴だが、悪い人間ではない。それは宗一郎も分かっているのだ。

「今頃、何処に居るんでしょうねぇ」

「想像もつきませんが」

妻子の許へ帰ったのならば良いのだが、そうとも思えない。

すると座敷の奥から、ニャアと猫が返事をした。

「宗一郎さん、あの子がお返事しましたよ。いつの間に猫なんて飼い始めたんです」

「勝手に入って来たのです。……いえ、僕が許可しましたが」

「なんだか本当に左門ちゃんみたいね。おいでおいで、あなた猫になっちゃったの？」

菊代は煮干しの出し殻を摘んで猫を招く。それを食む猫の背を撫でて、「サモンちゃん」と名付けてしまった。

※

「では行って参ります」

菊代に玄関で見送られ、宗一郎は目白停車場へ向かう。バッケ坂は真昼でも薄暗く、湿った空気だ。

もうとっくに饅頭屋は開いているだろう。姉は甘いものを好むが、義兄の一家はどうだろう。もしや煎餅の方が良いだろうか。それとも酒の肴になるような物を？　宗一郎は酒をやらないから、酒呑みがどんな土産を喜ぶのか分からない。

そんな事を考えながら歩いていると、豆腐屋の倅がラッパを鳴らし、大八車《だいはちぐるま》を引いてくる。

「おや、柳田先生は、珍しいお連れとご一緒で」

珍しく笑いかけて来たと驚いたら、あの虎猫――サモンが、いつの間にやら宗一郎の隣を歩いていた。一緒に停車場へ行くつもりだろうか。

「君。猫の身では電車に乗れないぞ」

猫は尾を揺らめかせ、聞いているのかいないのか。

小道を突き当って大通りに出ると、新弟子やその親に挨拶された。今日はやたらとご近所が声を掛けてくる。宗一郎と猫の道連れを面白がっているのか。

「柳田先生、お散歩ですか。珍しいお連れもいらして」

また豆腐屋の倅の大八車に行き会った。

さっきと同じような事を云うと思っていたら、その倅の後ろから、新弟子の三人組が笑い声を上げて駆け抜けていく。

首の後ろがざわりとして、宗一郎は立ち止まった。

真っ直ぐに延びた大通りは、もう停車場の桜並木が見えてくる頃だ。なのに道が大きく撓《たわ》んでいる。褪せた木材の茶色いばかりの民家が漫然と連なり、その先は薄闇の向こうに溶けて曖昧だ。

(清戸通りはこんなだったか?)

また後ろから豆腐屋のラッパが聴こえてきた。

足元で、にゃあ、と猫が鳴く。

宗一郎は前に歩き出したが、一度妙だと思ったら、ますます全てがおかしく思えてくる。再び豆腐屋の倅と行き会った。近所の細君達が井戸端でお喋りしている。その周りで、新弟子達がちゃんばらゴッコをしている。

宗一郎は次第に息も歩調も荒くなる。ほとんど走って目白停車場を目指すが、いつまで経っても到着しない。やはりおかしい。一度家に戻って仕切り直すか。

振り返った宗一郎は、喉を大きく動かして唾を呑んだ。大通りがぐんにゃりと蛇のように波打っている。知らない道だ。何処だここは。

行きつ戻りつする内に、毎日行き来する清戸通りが、みるみる壊れて捻じ曲がっていく。駆けずり回った宗一郎は疲れ果て、道端の地蔵の脇へ座り込んだ。

途方に暮れて道を眺めていると、眠気が圧し掛かって来た。

(こんな処で眠るなんて、僕は阿呆か)

近所に見られたら「柳田先生が、左門ちゃんみたいな事をしているよ」と物笑いだ。

しかし堪え難い眠気に、首がうつらうつらと舟を漕ぐ。その首筋に冷えた風が吹いてくる。身を震わせると、サモンが膝にのってきた。生身の重たい体が、膝に心地よい。

「わたくし、一緒に眠っても宜しいですか」

「どうぞ……」

宗一郎は猫を抱えて眠りに落ちた。


目覚めたら、宗一郎はしっかりと布団に横たわっていた。まだ胸の内に不穏な波がさざめいている。寝汗をかいた襟がじっとりと冷たい。

(妙な夢を見たものだ)

障子の向こうはしんと静まり、まだ日の出まで遠そうだ。しかし、嫌な夢はすぐそこで息を潜め、宗一郎が再び眠りに落ちるのを待っている。

もうこのまま起きてしまおうと掛け布団を半分に折ったところで、枕元で虎猫が丸くなっているのを見つけた。まるで夢の番人ではないか。

「お前は本当に、あいつではないのだよな？」

毛を膨らませ微かに震えているのが、如何にも寂しく哀れだ。本物の旭左門は温かな寝ぐらを見つけたろうか。まさか道端の野宿で凍えていまいな。

猫の小さく上下する背を撫でると、温い。

「おいで」

宗一郎は柄にもなく猫を布団に入れてやり、自分もぬくぬくと目を瞑った。


日の出と共に目が覚めた宗一郎は、布団から飛び退いた。

野良猫を布団に入れたら、蚤まみれだ！

宗一郎の腹のあたりで丸くなっていた猫は、いきなり布団を捲られて、迷惑そうに片目を開く。宗一郎は猫を追い立て、布団を庭に干した。寝間着を洗いついでに頭から井戸水を被るが、蚤に噛まれた痕は無い。

縁側の陰で丸くなる猫の毛並みを確かめてみるが、小綺麗だ。

(よほど手を掛けられた飼い猫なのだろう。ならば捜されているかもしれない)

「迷子の虎猫を預かっています」の張り紙を門に貼り付けていると、後ろから声が掛かった。

「もし、柳田先生？」

小間物屋の細君が、恐る恐ると云った様子で覗き込んでくる。

「ああ。先日は、美味しいお赤飯を御馳走になりました」

「いえ、無理に押し付けちゃって、かえってすみません。お重もお菊さんから戻って来ました。――そんな事より、先生はどうなさったんです？　顔色が酷いですよ。お医者様にかかった方がいいんじゃないかしら」

「医者ですか？　僕が？」

「ええ。うちがお世話になってるお医者様を紹介しましょうか」

「いいえ、ご親切には及びません。医者には心当たりがあります」

細君は本当に心配そうだった。家に戻って鏡に映してみるが、顔色云々よりも、覇気のない目の方が気になる。

（こんな腑抜けた顔面では、品川の人達に会う事も憚られる）

宗一郎は自分に活を入れ直すべく、夕稽古に来た勇に止められるまで、木刀を振るい続けた。


小間物屋の細君に心配されたのは、恐らく夢見が悪いせいだろう。

さんざ汗を流して布団に倒れ込んだが、また品川へ向かう途中で彷徨う夢に魘《うな》された。駅に向かって清戸通りを歩いていると思えば、唐突にバッケ坂の下に出るわ、崖《バッケ》の丘に行く手を阻まれるわ。仕方なく道を折れて迂回すると、目の前を一両電車が走り抜けていく。

清戸通りを断って横切る線路。空には送電線に囚われたような大きな赤い月。

風に髪を煽られながら、宗一郎は唖然と車両を見送る。こんな秋に咲くはずのない桜の花びらが、風に吹かれて舞っている。

ふらりと足を引くと、背中が壁にぶつかった。今歩いて来たばかりの道に、家屋の板壁が立ち塞がっている。

（いや、これは柳田家じゃないか）

上から下まで眺めていると、壁の向こうから女の悲鳴が響いた。

「宗さん、お医者様を呼んできて！」

玄関から飛び出してきたのは、在りし日の自分だ。彼は一直線にバッケ坂を駆け上り、あっという間に闇に飲まれて見えなくなる。

そうだ。病に伏せていた両親が、吐いた血で布団を赤く染めたのは、こんな風に月まで赤い夜だった。大きな月の下を駆け、医者を急かして家まで連れて来た時には、もう二人とも冷たくなっていた。姉は両親を一人きりで看取ったのだ。


嫌な夢を見たと鬱々と一日を過ごした後で、次の夜は、久子に縁談が来た日の夢だった。宗一郎は十七、姉は二十三。至心館の門弟達がみるみる歯抜けになってゆき、このままでは食い詰めると、警官の採用試験を受けるか悩んでいた頃だ。

しかし警官になれば、道場までは手が回らず畳まざるを得ない。父の生きた証であり、宗一郎がここで生きていくと決めた場を、今更失くす勇気は持てなかった。

折り良く、一周忌に線香を上げに来た古い門弟が、久子には縁談を、宗一郎には中学校の伝手《つて》を紹介してくれた。まさにご縁のお蔭で、道場もろとも心中する処だった姉弟は救われたのだ。

だが、仲人の申し出までしてくれたその人に、姉は縁談を断ってしまった。

宗一郎はこっそり相手の生業を視察に行ったのだが、彼は久子と年頃も近く、奉公人にも穏やかに接する、とても良い人柄に見えた。宗一郎を客と思って数言と交わした舅姑《きゆうこ》となる人も、朗らかだった。

(姉さんは、僕を一人にするのを躊躇ったのだ)

親が無く嫁入り道具も満足に揃えられない久子に、今後これ以上の縁談があるとも思えない。自分と道場の為に、姉の人生を潰す訳にはいかないだろう。

「姉さんは一刻も早く嫁いで下さい。剣道をやっている訳でもない姉さんが柳田家から出たとしても、僕と至心館の看板に、なんの障りがありましょう。お互いの為に決心して頂きたい」

夢の中で、六年前の宗一郎が久子と正座で膝を突き合わせ、いつも通りに表情の乏しい顔で、淡々と語る。

道場を守る為、食い扶持《ぶち》を減らす為、姉自身の幸せの為。どれも真っ当な理由だ。あの時は自分の正しさを確信していたが――、こうして他人の言葉として聞けば、これまでの人生の丸々を世話してくれた相手に、なんと冷たい弟であろう。

（僕は姉さんを、自分の人生から切り捨てたのだ。妻子を捨てた左門と、何も変わらない）

「そうね、宗さんの云う通りね」

黙って聞いてくれていた久子は、いつものようにのんびりと笑った。しかしなぜあの時の自分は、その時の彼女の目尻に、煌めく物が滲んでいたのに気付かなかったのか。今自分が傷つけた結果が目の前に現れているのに、なぜ自分の膝頭などを見つめているのか。

自分の未熟を眼前に、頬は熱く、背骨は痛いほど冷えていく。

久子相手に限った事ではない。先日、勇に剣道を控えるように伝えた時も、もっと言葉を選べていれば、自ら名札を外させるなんて寂しい真似はさせずに済んだろう。

左門に云われた「あんたは決定的に言葉が足りねぇ」の言葉を思い出し、まさにだと奥歯を噛み締める。

……その左門にも暴言を吐いた。妻子を捨てて放蕩の限りを尽くすのは、まさしく道を外れた行いだ。「最低だ」と評したその言葉も正しくはあった。しかしそれこそ、四角四面の鉄頭で叩き潰すような物云いだったかもしれない。だからあの男は、急に姿を消したのか？　彼の事など何も分からないが、分からないからこそ口にしてはならぬ事もあったのだろう。

宗一郎は首を重たく垂れた。

すると膝の前に、箱膳が置いてある。一目で分かった。これは姉が嫁ぐ前日の夕飯――柳田久子が作ってくれた、最後の手料理だ。

牛蒡と人参のきんぴら煮、カレイの煮付けに、その煮汁で炊いた油揚と青菜。

宗一郎は食べ物に好き嫌いを云ったことがなかったはずだが、好物ばかりが並んでいる。

明日からは、他家の嫁となる人だ。自分の好きにできる最後の飯くらい、自分の好きな物を腹いっぱい食っていけば良いのに。

「いっぱいお食べなさい」

久子がこれでもかとよそった飯碗を、満面の笑みで差し出してくる。

「有難う」

ずっしりと重たいそれを受け取り、目の奥がツンと熱くなった。

毎日当たり前に食わせてもらっていた飯が、替え難く惜しいもののように思われて、膳にのせたまま、箸を取る事もできない。あの日も胸が塞がってろくに手を付けられず、姉を苦笑させてしまったのだ。

「わたくしが、いただいても？」

膝に擦り寄ってきた猫のサモンが、舌舐めずりして問うてくる。

「どうぞ……」

夢の中の、もう取り戻しようもない夕の膳だ。今平らげたとて、現実の姉を喜ばせる事はできない。それに自分がこれを食う資格など無いように思われて、宗一郎は居た堪《たま》れない気持ちで立ち上がる。

猫は尾を振って喜んだ。

※

菊代が来る前に、ともかく水汲みだけでもしておかねば。まだ水瓶には幾らか残っているが、放っておくと菊代が頑張ってしまう。

朝稽古も素振りの日課もせず、上がり框に座り込んで、メザシを食む猫の背中を眺めている。昨日の夕飯に用意してもらっていたものだが、胸がつかえて食いきれなかったのだ。

ぼんやりしている間に、中学に行く時間が来た。

茶だけ啜り、木刀を腰に挿して立ち上がる。宗一郎が戸を閉めて出て行くと、猫は大きな欠伸をして、菊代が飲んで下さいよと置いていった薬袋を足蹴に、座敷を横切っていった。

その日の夢では、宗一郎は姉の飯事遊びに付き合わされていた。卓子代わりの岩に並べられた、葉っぱのお皿に小枝の箸。献立は木の実の盛り合わせに、犬蓼《いぬたで》の花穂《かすい》をしごいて落としたお赤飯、どんぐりを砕いた粉を練った、魚のすり身だ。

宗一郎は座って待っていろと命じられ、姉が友人と笑い合う姿を、つまらない気持ちで眺めている。

「いっぱい、いっぱいお食べなさい」

皿を差し出してきた久子は、母の笑顔にそっくりだ。――そうだ、この「いっぱいお食べなさい」も元々姉の言葉ではなく、母の口癖だった。

並べられた葉っぱのお皿は、宗一郎のだけ特別、赤いガマズミの実が多い。途端に他家の弟妹達が贔屓だと騒ぎ立てる。横から取られて、宗一郎は「駄目だ」と奪い返した。そうして「ずるいぞ」「これは僕のだ」と取っ組み合いの喧嘩になり――。普段大人しい宗一郎が初めてムキになったのに、皆驚いていた。

しかし子どもというのは気ままなものだ。すぐに他の遊びに夢中になって、えこ贔屓のガマズミの事などは忘れられた。宗一郎はその捨て置かれた葉っぱの皿から、一粒だけ、こっそりと手に握り込んで帰ったのだ。

（そう、それで簞笥の隅にしまっておいた。捨てた記憶はないが、あれはまだ家にあるのだろうか）

夢の中の宗一郎は手を開く。すると艶々とした赤い実が、一粒ころんと転がった。

そこに鼻面を寄せて来たのは、サモンだ。

「わたくし、これをいただ——」

「宗一郎君！」

猫の甘ったるい声を遮ったのは、鋭い一太刀のような声だ。

「なんだこの猫は。あっちへ行け」

兄弟子の江島が駆け寄って来る。彼はサモンを追っ払って、宗一郎の手を摑んだ。

「江島さん」

「宗一郎君。帰ろう」

「ですが……」

彼は珍しく怖い顔をして宗一郎を見据えた。少年のはずだった宗一郎は、気付けば江島と同じ目線の高さになっている。久子達の姿は、何処にも見当たらない。

「——そうだ。夕稽古の時間でしたね。すぐ道場へ戻ります」

身を返した宗一郎は、その場に立ち尽くした。

夕陽に灼かれて真っ赤に燃える原っぱは、何処までも何処までも広がり、出口などないようだ。

「道場まで一緒に行こう。もうここへ近づいてはいけないよ」

兄弟子が前に立って歩いてくれる。宗一郎はひどくホッとしてしまって、家族を見つけた迷子のような気持ちで、その背中に付いて行った。


江島に会えた夢のお蔭で、久しぶりに調子が良い。

炊けた飯を小山に盛り、すっかり居ついてしまったサモンにも、出し殻の煮干しをのせた猫まんまを与える。

さて今日から仕切り直しだ。朝稽古もしっかりと――、と考えた矢先、玄関の戸を叩く者がある。がらがらと開けてみて、驚いた。

「もう、宗さんはちゃんと電報を読んでくれたの？　何日経っても来てくれやしないんだから」

「息災なら良かったじゃないか」

久子と義兄が、子どもまで連れて、そこに立っている。

「何ですか、姉さん。来るなら先に連絡を下さい」

「電報を無視した人に、文句を云われたくありません」

ぴしゃりと返しながらも、久子は夫と顔を見合わせ、ふふと笑う。

彼女の用件は、何という事もない、二人目の子が立ったのを自慢したいだけだった。そんな事で電報を打たないで下さいと叱るが、「だって宗さん、こうでもしなきゃ来てくれないでしょ」と澄ました顔だ。

姉は久しぶりに実家の台所に立ち、手料理の支度をしてくれる。義兄と二人になっても、無邪気な子どもらの声が響く空間では、気詰まりと思う間もない。サモンを追って座敷を駆けずる一人目と、伝い歩きの二人目に翻弄され、男二人で苦笑いをする。

上の子が茶碗を引っくり返して、手拭いを取りに立った宗一郎は——、ふと、あの赤いガマズミの実の事を思い出した。

(確か、小簞笥に……)

引き出しごと抜いてみると、隅にころりと、瑞々しい実を発見した。まだあったかと、思わず唇が緩む。だが十余年も前の実が、よく萎《しな》びずに——、

「綺麗な、美味しそうな実ですね」

足に擦り寄った毛並みに、ぎくりとした。

サモンが喋った。

目を丸くして見下ろすと、猫は舌舐めずりして尾を揺らしている。

(こいつが喋るのなら、また夢の中なのか?)

台所から、お喋りする姉一家の笑い声が聴こえてくる。

宗一郎は手の平の実に視線を落とした。

「綺麗ですね」

猫は長い尾を、右に、左に。

宗一郎はうんと頷く。

「美味しそうですね」と重ねられ、思わず黙った。

「わたくし、それをいただいても宜しいですか？」

「――駄目だ。これは僕のだ」

「そう仰らないで。わたくし、腹が減って仕方がないのです」

哀れっぽい目で見上げてくる虎猫が、左門に似た、あの明るい色の瞳で見つめてくる。

「このサモンに、下さらないのですか？」

意地悪を咎めるような口調に、まるで子ども時分のような応えをしたことが、恥ずかしくなってきた。

手の平の赤い実、一粒。

ただの実だ。幾らでもそこらへんで採って来られる。腹が減ったと云う者にくれてやらずに、何をもったいぶっているのだ。そう理性に叱られても、宗一郎は「どうぞ」と云えない。手が震え、冷や汗までも滲み出してくる。なんと情けない。

「深く考えるこたねェよ。どうせ夢の中だもの。ね、それ一粒くらい良いだろう？」

猫は左門の口調で云い、目を三日月にしてにっこりと笑う。

(――そうだ。夢の中だった)

急に躊躇っていた自分が馬鹿馬鹿しくなった。

宗一郎は猫の前に膝を突き、赤い実を差し出してやった。

「俺が食べていいのかい？」

「どうぞ」

云うなり、懐で鈴がチリッと音を立てた。以前左門に押し付けられたままの根付だ。財布につけていたのが、今、しゃがんだ弾みに触れたのだろう。

その音に、頭にかかっていた霞が、急に晴れたような気がした。

「どうぞと云った。云ったなァ」

目を戻すと、サモンが異様に長い舌でべろんと赤い実を舐め取ったところだ。唐突に座敷へ生臭いにおいが立ち込め、宗一郎は咽せ込んだ。

今や左門とは似ても似つかぬ悪相が、顔を歪めて呵々大笑《かかたいしょう》する。

「貴様、まやかしであったか……！」

宗一郎は飛び退いて木刀を抜こうとする。だが腰が立たず、すとんとその場に尻をついてしまった。

「!?」

「旨いなァ、旨いなァ。こんな旨いモノは食ろうたことがない」

猫は顔ばかりをみるみる膨れ上がらせて、宗一郎の身の丈を超す大首となり、よだれを撒き散らしながら、長い舌を伸ばしてべろりと宗一郎の頬を舐め上げる。

「もっと食いたい。もっと食わせろ」

どうしたことか、骨を抜かれたように体が云うことを聞かない。宗一郎は腕で舌を払おうとして体勢を崩し、そのまま畳にうち倒れた。

「こ、断る……っ」

「お前の断りなぞ、もういらんのよ。もう食ろうたもの。お前は俺の肚《はら》の中だもの」

「何を……！」

宗一郎にかぶりつこうと開いた大口の、すえた息を吐く喉の奥。虚ろな穴の奥に、救いを求めるような人間の頭や腕が、無数に覗いている。そのうねりの中に、一粒の赤い実が、小さく光って見えた。

(どうやらあれを食わせてはならなかったのだ……！)

大蛇のごとき太い舌が、宗一郎の右腕をぬるりと搦め捕る。ずるり、ずるり、畳の上を引き摺られながら、宗一郎は木刀を抜こうと、力の入らぬ手を懸命に動かそうとする。

しかし家の中で木刀を挿していなかったことに気が付いた。不味い、万事休すだ。

諦めが閃いた途端、このまま猫に呑まれてしまった方が楽だぞと、心の魔が囁いた。

誰も彼もが宗一郎のもとから去っていく。父も母も、江島も姉も門弟達も、旭左門も。

勇と菊代は歳だ。そう遠くない日に去っていく。そしてこの座敷に、宗一郎はぽつねんと座して、たった一人。

宗一郎は猫の大口に引き摺り込まれながら、柳田家の寂しい居間に目を動かす。一番楽しかった頃の家族が笑い合って月見団子を食っている。

「……お父さん」

父が微笑んで、宗一郎に首を向けようとする。だがこちらを向き切る前に、彼らの背中は一人ずつ、風に吹き散らされて消えていく。そこに菊代と勇が顔を出した。二人は怠惰に転がる左門を小突いて、新弟子達と笑っている。しかしその二人も、儚く掻き消え、子ども達の笑い声は、垣根の向こうへ遠ざかっていく。

誰も居なくなった座敷に、宗一郎は両目を固く瞑った。

ちりん。

澄んだ音が、唐突に真上に響いた。

「懺愧《ざんき》懺悔《ざんげ》、六根《ろっこん》清浄《しょうじょう》！」

ドッと音を立て、宗一郎の上に何か落ちてきた。猫が断末魔の悲鳴を上げる。宗一郎の腕を摑んでいた舌先が、大きく痙攣して跳ね退いた。

だが口の中へ引っ込められないのは――、唐金《からかね》の杖、否、行者が使う錫杖《しゃくじょう》が、舌の真ん中を貫き、床に縫い留めているからだ。

自分を跨いで立つ男に、宗一郎はゆっくりと目を瞬く。

「……左門」

「どうした柳田宗一郎。こんなまやかしなんぞに付け込まれて、らしくねェぞ」

あの軽佻浮薄な長髪頭だ。彼は宗一郎を鼻で笑ってから、猫の大首に向き直る。

「ちょいとそこの不格好な猫チャンよ。悪いけど、食ったものを返してくれんかね」

猫は舌を縫い留められたまま、唾を撒き散らして何を吠えているのか全く聞き取れない。開けたままの喉の奥から、人間達の黒い腕と足とが大量に突き出して、こちらに這い出して来ようとしている。あれは、このバケモノに食われた者達か。

戦慄する宗一郎に左門が背を向け、のた打つ舌を踏ん付けて平気な様子で歩いていく。

「お、おい」

止めようとする腕も動かない。

「随分と奥まで呑み込んだもんだ」

彼は店の暖簾をくぐるように、猫の上顎の牙をひょいと支え、口の中へ入ってしまう。黒い腕の有象無象は、我先にと左門の脚に縋りつく。

「左門!?」

「あったあった。ほうら、これだろう?」

彼は身を屈め、拾ったモノをこちらに投げ寄こす。小さな音を立て、宗一郎の目の前に赤い実が転がった。

——刹那。

怒り猛った猫が舌を引っ込めた！　錫杖を突き立てられたところからぶちぶちと二つに裂けていき、そこから噴きだす血と唾液の混ざったものが宗一郎の顔に打ち付ける。猫は大音声《だいおんじょう》で喚《わめ》き、左門の体に裂けた舌を巻きつける。

「さ、左門！」

「——ッ！」

がちんっと牙の嚙み合う音がして——、口が、閉じた。

左門を中に取り残したままだ。

静まり返った座敷に、猫の大頭と、打ち伏せた宗一郎だけが残された。

（食われた……？）

呼吸もできないまま、目を大きくして、ひたすらに結末を見つめる。

——だが。

目の前の畳に、赤い実が一つ、転がっている。

「待て。返せェ。それはもう俺のものだ」

宗一郎は正面から血混じりの涎を噴き付けられながら、萎えた腕を無理矢理に動かして実を摑む。それを口に放り込むや否や、腰が立ち、足が動いた。

「嘘つきめぇ！　どうぞと云った！　云っただろォォォッ！」

猫の大首が跳ね、宗一郎を丸呑みしようと口を開ける。宗一郎は身を起こすと同時、錫杖を摑む。それを刀代わりに、脳天から一刀両断。

大首を真っ二つに斬り割った。

※

土塊に変わっていく猫の頭だったモノの中に、左門が立ったままでいる。彼は溶けかけた下駄を脱ぎ散らかすと、ひょいひょいとこちらへ近づいてきた。

「ハハッ、あっぶねぇトコだったよ。やっぱりあんたは滅茶苦茶に強い。また氣生をぶった斬っちまった。信じられんよ」

「左門、無事なのか」

宗一郎は肩を摑んで、怪我が無いのを確かめる。すると左門は笑ってその手を払った。

「俺の事なんざ、もうすっかり忘れた頃だと思ってたよ」

「まさかバケモノの口に自ら飛び込むなんて、どうかしている。死んだと思ったぞ」

「ほぉんと乾坤一擲《けんこんいってき》の大博打だったね」

「僕を救うために命を懸けるなんて、馬鹿なことがあるか。そのような理由などないはずだ」

宗一郎は背筋に滲む冷たいものがまだ消えず、助けられた立場のくせに語気が荒くなる。こちらは独り身だが、この男には妻子がいるのだ。

「理由はあるんだよ、こっちには」

目を見もせずに呟いた左門には、妙な迫力があった。思わず黙った宗一郎に、彼は顔に貼り付いた髪を掻き上げ、へらりと笑い直す。

「あんた、危ない処だったんだよ。嫌な予感がして卦を立てて見りゃァ、『山水蒙』だ。霧の立ち込めた山って事だけど、まぁこんな深くまで迷い込んじまってよ。さっきのその実はね、あんたの正身だ」

「正身？　あのガマズミが、僕の……？」

「そう。何か知らんが思い入れのあるモンなんだろ？　ちゃんと持って帰んな」

「――食ってしまった」

「食ったァ？　まぁ、そうね。そいでいいよ。どうせあんたに戻って巡る氣だ」

ぶはっと噴き出した左門は、宗一郎から錫杖を受け取ると、それを猫の大首の残骸に突き立てた。

「さぁ、こんな夢からはとっととオサラバだ」

彼は錫杖をそのままに、縁側から庭へ下りる。宗一郎は床の間の木刀を腰に挿してから、左門の後に続いた。

「錫杖は置き去りで良いのか」

「錫杖ってのは、行者が山ン中で獣や蛇に遭わねえように鳴らす、実用を兼ねたモンだがね。これ一つに仏の教えが込められている。頭に付いてる六つの輪っかは、六道輪廻を表すのさ。あの氣生に食われちまった人達にも、お導きがあるだろう」

「……そうか」

墓標のようなそれを見つめて、宗一郎は手を合わせた。そして左門が来るのが少しでも遅ければ、宗一郎はあの土塊の一部になっていたのだと、今更身が薄ら寒くなる。

自分が死んだならば至心館は滅びるしかない。父にも江島にも顔向けできない。楽になりたいなどと魔がさしたのは、ガマズミ——正身とやらを猫《バケモノ》に奪われたからか？

否、己の弱き心の表れだ。

「あの猫は、僕の心の弱さが見せたまやかしだったのだ」

猫の内臓に蠢いていた者達は、己の弱き心に負けた結果、まやかしに取り込まれてしまったのか、彼ら自体もまやかしの一部だったのかは分からないが。

猛省して呟けば、左門はわざわざ足を止め、宗一郎の顔面を眺めてきた。

「そう納得するんでも構わんがね。あの猫は、あんたから生まれた氣生ではないよ」

「……どういう事だ？」

左門は柳田家を後に、バッケ坂を上り始めた。迷いない足取りからして、この夢からの出口を知っているらしい。宗一郎はくやしいながらも安堵してしまう。

「あんたはねェ、やたらと清浄な氣の持ち主なんだよ。信じ難いほど穢れ無い、まさに純粋無垢の氣だ。氣生達は、あんたのその清さが妬ましかったり、自分も浄化してもらえんじゃねぇかなって、あんたを取り込みたくて仕方なくなんの」

「僕は別に、そんな大層な者ではない」

何せ村の人達に嫌なもんと避けられているくらいだ。

宗一郎の頭を読んだのか、左門は隣を歩きながら、ふっと目尻に皺を作って笑った。

「自覚のねぇ御人だな。普通の人間だって、眩しくって近寄り難いぐらいだぜ？　とにかくさっきの猫も、あんたを食おうとした氣生でね。少しずつ胸ン中に忍び込んで、大事にしてたその実を思い出させて、さらに濃く氣が流れ込むように誘導した。果たして、間もなく正身が出来上がります——って頃までじっくり待って、後は美味しくいただきますって寸法さ」

「まるですいとんが煮えるのを待つような……」

鍋底に沈んでいた白い玉が、中まで火が通ってゆっくりと浮かび上がってくる。それを舌舐めずりして待つ猫の姿を想像してしまった。

バッケ坂を歩いていたはずの二人は、気付けば山手線の線路沿いに出ていた。歪んだ道には誰の人影もない。白い月が照らす静かな道を、宗一郎は左門と二人、下駄を鳴らしながら歩いて行く。

「では、僕が猫を家に招き入れたのが不味かったのか」

「しょうがねぇよ。今回のはあんたの迂闊さってより、通り魔に出くわしたようなもんだ。あの氣生は、年古《としふ》りて意志を持って動きだした、質《たち》の悪い奴だ。ああいう、縁を無理くり繋いで引っ張り堕とそうとしてくるのを、〝魔縁〟って呼ぶんだけどさ」

魔縁。宗一郎は口の中で言葉を繰り返すも、首を捻った。

「やはり信じ難い。今度の猫はまさに、僕の修行の道を阻む障魔であった。あのような下らぬまやかしを乗り越えて、心を静穏に保てるようになれば、道の究みへと一歩近づけるはず。まだまだ未熟、修行が足りぬと云う事だ」

「そう！　そいでいいのよ、あんたは」

　また信じないのと笑うかと思った左門が、いきなり顔を寄せてきた。

「なのにセンセイ、今回はどうしたのよ。無垢の氣の持ち主でも、これまで付け入る隙が無かったから、魔縁もそうそう手出しできなかったんだぜ？　まさか正身を作る程まで堕ちていくとは思わなかった」

　体の調子でも悪かったのかねと、左門は真剣に覗き込んでくる。宗一郎はその視線を、奴の頭ごと反対へ捻った。左門は首を押さえて痛ェと悲鳴を上げる。

「……先日、君に無礼な物云いをした。それを詫びねばならんと考えていたんだ」

　宗一郎は左門に向き直った。

　今は悪夢の只中とすれば、ここにいるのも現実の彼ではないのだろう。しかしそうせずにはおられず、深く頭を垂れる。

「旭左門。君の事情を何も知らない者が、要らぬ事を云って申し訳なかった。余程腹が立ったろう。突然姿を消すくらいだ」

「ハァ？　何の事だよ」

　左門は目を真ん丸に見開き、心底魂消たと云う顔をする。

「俺は、こっちの都合で離れただけだぜ？」

「そうなのか。いやしかし、詫びねばならんのに変わりはない」

警笛の音が話に割って入った。線路の向こう、レンガ色の一両電車が、闇から生まれて近づいて来る。

左門は「あれに乗って帰ろうかね」と歩き出した。気付けば停車場が、すぐそこに出現している。

「この電車で帰れる——夢から覚めるのか」

「そういうこった。……なぁセンセイ。俺なんかに頭を下げんのはよしてくれよ。ゾッとしちまう。俺は、本物の人でないしよ？」

宗一郎は怪訝に左門を見つめる。電車の前照灯に照らし出されたその苦笑は、唸る車輪の音に轢かれて消し潰された。

第五話　風沢中孚

停車場に人影は無い。切符売り場も改札も人が居ない。宗一郎が駅員を探していると、左門はするりと通り抜け、ちょうど停車していた電車に乗り込んでしまった。

「無賃乗車は犯罪だぞ」

「ここは夢なんだろう？　そんでも切符が必要かね、鉄頭のお豆腐サンよ」

「夢の中こそ、人間の本性が出るものだ」

しかしここに置き去りにされれば、濁った霧中のような夢の世界を無事に帰れる気がしない。

宗一郎も渋々乗り込み、左門の向かいに腰を下ろした。

車両もがらんと無人だ。窓から射し込む冴え冴えとした月明かりが、二人の足元を照らしている。

運転席には背を向けた男が座っているが、顔の辺りは闇に溶けてよく見えない。

「ここは何処の停車場なんだ？　僕の知らない場所だ」

「あんた、随分深いとこまで入っちまったからね。還るには、別の人間の夢を伝って出た方が早い」

問いの答えとは思えぬ返事だ。宗一郎が首を捻る間に、車体が大きく揺れて、電車が動き出した。

別珍張りの椅子は、中の綿がへたって、すっかり柔くなっている。ゴトゴトと回る車輪の振動が直接尻に響く。だが、いったん腰を落ち着けてしまえば、途端に体から疲労が滲み出てきた。宗一郎は木刀を腕に抱き、ぼんやりと向かいの景色を眺める。

口から生まれてきたような男も、今は妙に大人しい。

（別の人間と云っても……、ここには僕と左門と、怪しげな運転手しか居ない。左門の夢としか考えられないが）

そうだとするなら、いつも賑やかで煩いこの男の夢は、思いの他、静かすぎるほど静かだ。


大きな窓を、白い月が追いかけてくる。

姉が結婚してすぐの頃、義兄から月見電車に誘われた事があった。東京の夜に輝く十五夜を眺めながら、山手線でぐるりと一周するのだ。

興味はなくも無かったが、酒も呑まぬ自分が加わっても盛り下げるだけだろうと、遠慮して断った。現実の月見電車もこんな風だろうか。……しかし月とは、こんな凍えるように寂しい色をしていたろうか。

(さっきの夢は、猫が実を強請《ねだ》って来るまでは、とても良い夢だったな)

久子も義兄も子どもらも、宗一郎の前で笑って愉快そうだった。できるなら、まさにそう在りたかった夢だ。だが現実は何一つ変わっていない。自分は品川を訪ねるのを躊躇う臆病者で、姉はとっくに新しい家族をつくり、新しい命と共に新しい生き方を始めている。

道場を出て行った人達も、皆、大正と云う時代に暮らして前へ前へと歩いている。明治の世に生まれた至心館にぽつねんとしているのは宗一郎だけだ。勇や菊代がいつまで通ってくれるかも分からない。そうして人気が絶えれば、微かな呼吸で生き永らえていた至心館の息の根は止まり、宗一郎は独りで立ち尽くすばかり。

車輪の音が変わったと思ったら、電車は鉄橋を渡っているようだ。

山手線には有り得ない大きな河。左門は身を捻って河の景色を眺めている。きっと彼の思い入れのある場所なのだろう。

――俺たち人間は、大河の流れに揉まれる、ちっぽけな石ころみたいなもんだ。

旭左門は天狗事件の折、そのような事を語っていた。

宗一郎も自分の窓を振り向き、ひんやり冷えた硝子に手の平を置く。

黒い河面は、月の光を抱いてちろちろと瞬いている。静謐に見える水の下でも、無数の小石や砂が押し流されているのだろう。

「……僕は、河底の石のようだな」

呟いた宗一郎に、左門は外を眺めていた目を動かした。

「それも、時代の流れに転がりゆく事もできない、重たいばかりの石だ。ただ、水面の明かりを、いつまでも羨ましく見上げている」

夢の中だからだろうか、自分でも信じ難い程の軟弱な言葉が零れた。

左門は宗一郎をじっと見つめてくる。嘲《あざけ》る笑いを覚悟したが、彼はまた窓へ視線を戻した。

「阿呆な事を云いなさんな。どんなに重たい石だって、角は削れて、いつか丸くなる。踏ん張ってここに居たいったって、無理なくらいだよ。気付きゃ、あんただって大海原の砂の一粒さ」

唇の端を少しだけ持ち上げ、左門は低い音で呟いた。こちらを見もしない、ともすれば無礼な横顔が、今まで見知った旭左門の顔の中で、最も信の置ける顔に見えた。

「……そんなものか」

「そんなモンだよ」

「なら、きっとそうなのだろう」

素直に頷いてみると、肚に抱えた岩の塊が、清水に洗われて解けてゆくような気さえする。合縁奇縁、この男との縁が腐れた悪縁と云い切れなくなった自分に気付いてしまった。

電車が大きく揺れて、停まったようだ。

「着いたのか」

「……いや、まだだね」

どこかの停車場に到着したらしいが、目白でも品川でもない。もっと山深い田舎だ。黒々とした尾根の景色が、闇に沈んでいる。

すると、一人の男が騒々しく駆け込んできた。

彼は行李鞄を床へ置くと、乱暴に扉を閉め、ゴッと音を立てて硝子に額を打ち付けた。外は雪か雨か、黒トンビの外套は肩が濡れている。

電車が再び動き出した。

『待ってぇ！』

悲愴な様子の若い婦人が、乗降場を走って追い縋ってくる。だがその姿はあっという間に小さくなり、車窓は夜の山景色に変わってしまった。

車内に残った男はその場にくずおれ、身を二つに折って嗚咽し始めた。

あまりの悲痛な呻きに、宗一郎は腰を浮かせた。しかし彼に伸べかけた手を、左門に掴み止められた。

「あんな泣き崩れて、みっともねェ、情けねェ男だ」

「酷なことを云う。さっきのあの婦人は彼の妻だろう。背には赤子を背負っていた。事情は分からんが、きっと余程の事……だ」

　言葉が尻切れトンボになった。

目を見開く宗一郎に、左門は真っ赤に充血した瞳で首を横に振る。

「情けねェ、馬鹿で最低な男なんだよ、こいつは。そうだろ、柳田センセイ」

　宗一郎は手首を摑まれたまま、扉の下で背を戦慄《わなな》かせる彼を見やる。

（……これは誰の夢なのかと、僕はもう知っていたじゃないか）

「八卦見は、自分の未来は視ちゃいけねェ。師匠から口酸っぱく云われてたのに、掟を破った馬鹿がいる。どうしても視なきゃならん気がして、耐えられなかったんだがね。視たら、尚更、耐えられるモンじゃなかった」

　左門は宗一郎の手首から、指を放した。

　彼は若き日の自分を恨むような目で睨み、震える白い息を吐く。

「旭左門は死した後に〝大魔縁〟と化す——ってさ」

「……なんだ、それは」

「氣生が、他人様に進んで迷惑を掛けやがる程に育ったのが〝魔縁〟だ。俺がいつか必ず成るそれは、大勢を巻きこんで死に追いやる〝魔縁の中の魔縁〟だとよ。冗談じゃねぇよなァ」

左門は音を立てて長椅子に腰を落とした。

「俺がそれに成れば、最初に食われんのは、俺の妻と子だ。縁の太い相手から引っ張りやすいからな。そんでもって、実家の家族、一族、仲間、友人、何処までで済むのか、想像もつかねェの。成る日が決まっていりゃあ心構えもできようもんだが、明日か何十年後か、それも分からん」

まじまじと見つめる宗一郎に、左門は諦めきった乾いた笑いを漏らした。

「となると、縁を断つしかないだろう？」

「それ故に妻子を捨てて、故郷も捨てて、根無し草の暮らしを……」

「〝気に掛ける〟って云うよな？　相手の事を考えれば考える程、縁の糸は強くなる。なのにまァ、儘《まま》ならんこった。何処で何をしていても、妻と娘の事ばかり考えちまう。幾度住む場所を変えようと、出会った人と縁を結びそうになる。全然うまくいかんね。だって俺ァね、人間が好きなんだ。……本当に儘ならん」

宗一郎には返す言葉もない。

若き日の旭左門はいつの間にか消えていた。だがその業を背負った数年後の彼は、今ここにいる。

「宗一郎」

左門が宗一郎を見上げてくる。センセイではなく初めて名で呼ばれた。呼び捨てにむっとするどころか、この男の孤独な魂に少しなりとも近づけたようで安堵してしまう。

　他人の感情に鈍すぎる自分が、決してここで間違ってはならないのが分かって、宗一郎は奥歯を嚙み締めた。

「なんだ」

「あんたは、大魔縁に堕ちた俺を斬り散らせる、たった一人の人間だ。俺はあんたをずっと捜していたんだよ。だからさ、そのまま無敵の柳田センセイで居てくれよ。信じるなよ、頼むから。俺の喋る譫言《うわごと》なんて」

　さっき慟哭《どうこく》していた青年と同じ表情で、そのすがる瞳は乾き切っている。

　電車は二人を乗せ、夜霧を裂いて走っていく。

（……そうか。この男が柳田家に居ついたのもその為だったか）

　そして宗一郎が氣生を斬れるのは、全く信じないがゆえの、怖い物知らずの強さだと、幾度か聞いた。ならば天狗山の誘拐騒ぎの後、左門が忽然と姿を消したのは――、宗一郎が氣生の存在を信じかけたのを見て、自分が近くに居れば、余計に氣を揺さぶられるやもと恐れたのだろう。

　宗一郎が氣生を信じて恐れを抱けば、弱くなる。自分がその大魔縁になった時に、斬り捨てられる者が居なくなる――と、そう考えて。

「……氣生やら正身やら、大魔縁やら。僕には、一つも信じられん」

「そうだ、それでいい。信じるな」

左門は何度も頷き、宗一郎に笑みを向けようとして、ぎこちなく唇の両端を持ち上げる。しかし、と宗一郎は言葉を続けた。

「君が今語った事は、譫言ではない。ゆえに信じよう」

左門は笑い掛けた唇を、スッと下ろした。

「――おい」

「見縊《みくび》ってくれるな。僕は氣生の存在を信じた処で、恐れなど抱かん。斬るべきものは斬る。刀を握れば頭の中は〝斬る〟の一念のみだ。恐怖などで刃先を揺るがすような事があれば、僕は至心館の看板を下ろしてやる。

そして、君が大魔縁なんてものに堕ちるならば。そう成る寸前、人として終わった瞬間に斬り捨ててくれよう。なればもはや、旭左門が今生で誰と縁を結ぼうが、誰との縁を想おうが、何の問題も無い。そうだろう？」

左門は、呆けたように宗一郎を凝視する。

「……ハァ？　何を云ってんだよ。あんた正気か」

「正気だ」

この男は、妻子を殺さぬ為に縁を断とうとして断ちきれずに泣き、何処にも根付かぬように彷徨いながらも、出会った人達と笑い――。「泣いて笑うが人生」と語った言葉が本音ならば、誰より人間らしく生きる人間ではないか。

そして至心館を背負ってから泣きも笑いもせずに、ひたすらに心の波を静め剣の道を歩む事だけを貫いて来た宗一郎に、へらへらと笑いながら、一体何をしてくれたのだ。

「銀座で食ったビフテキは旨かった」

「ハァ？」

「勇さんと稽古できるのが嬉しい。毎日違う献立だと飯が楽しみだ。江島さんと酌み交わした酒は、幸せだった。僕はそんなもの、君に教えられるまで知らなかった」

左門は黙った。そしてついに、馬鹿じゃねェのと口汚く罵ってきた。

「あのなァ。あんたは大概、騙されやす過ぎんだよ。駄目だろそんなんじゃ。俺は、勝手にあんたの傍で死んで、真っ先に襲い掛かって斬ってもらおうなんて考えてる、傍迷惑な野郎だぜ？　なのにほんと、やめろよ。魔物に成り切ったのを斬るのと、まだ人でいる俺を斬んのじゃ、業の桁がちげぇよ。あんたみたいな清らかなのが、こんな人でなしの業なんて背負わんでいい。俺は別に、救われたい訳じゃない」

「君は、自分で云ったじゃないか。人であることを忘れちゃいけねェのだろう？　僕らは人間だ。君は僕に、人として生きろと云ったのだ。ならば君だって自分の言の責任を取れ。ちゃんと、人として死ね」

宗一郎は木刀を抜き、左門の額に切っ先を突きつけた。

「旭左門。――この刀で、君に、死の保証をくれてやる」


霧が薄らいで、白い月が顔を見せた。橋を渡り終えた電車が、またゴトゴトと低く重たい拍子で二人を揺さぶる。

いつか大魔縁に堕ちる定めの男は、長いこと宗一郎を見つめ続けた。

「……情で命を懸けるなんざ、馬鹿のすることだぜ」

「まさに。猫の口中へ入っていった、先程の君のことだ」

「馬鹿野郎」

「うん。君が居付くうちに、馬鹿が移ったらしい。菊代さんにも似てきたと云われた」

「……あんた、こんなにぺらぺらと喋る男だっけね」

「寂しかったらしい」

率直な言葉に、左門が顔を上げる。

「僕は君が突然に消えて、寂しかった。あの虎猫をサモンと呼び、家に招き入れてしまうくらいには」

「――ハァ？」

驚いた目が真ん丸になっている。

宗一郎は生まれてこの方「友人」などというものを持ったことがないから分からないが、家族や恩人達以外との手離しがたい縁を、たぶん、そう呼ぶのだ。

「勇さんも菊代さんも門弟達も、君がいないことを寂しがっている。それに傍に居なければ、必要な時に君を斬ってやることもできないじゃないか」

畳み掛ける宗一郎に、左門は黙り込み、顔を俯ける。

「戻って来い、旭左門。皆も、――僕も、君を待っていた」

宗一郎はひたと見つめる。

左門はゆっくりと首を持ち上げた。

その瞳が、みるみる熱く潤んでいく。

震える唇が、たぶん「ありがとう」と動いた。

口から生まれて来たような男が、声も音にできないまま大きく喉を動かすと、また俯いてしまった。

※

「すげーっ、柳田先生が寝坊する事なんてあんの？」

「あるある。どんだけ云っても起きねぇ時は、竈で飯を炊いてやんのよ。そうすっとな、飯の炊けるいい匂いで、勝手に起きて来るんだわ」

「ただの食いしん坊じゃんかー！」

笑う子ども達の声に、目が覚めた。ちょうど土間で菊代が飯を炊いてくれているようだ。温かな香りがする。

気不味い気持ちで縁側に顔を出すと、

「すげぇ、本当だ！」

子ども達は柳田先生の寝坊に大喜びだ。

「分かるよ先生、俺もさぁ、寒い朝なんて、絶対布団から出たくないもん」

「今度先生が寝坊したら、俺達が起こしに来てやるよ」

いいや、不要だ——と、いつもの調子で言葉が飛び出しかけたが、思い留まった。

「……うん。その時は頼もうか」

代わりに頷いてみせると、三人の顔がパッと明るくなる。

彼らと菊代の朝飯を分かち合い、朝稽古を付けて学校へ送り出した後は——、さて、自分もいよいよ用件を片付けねばならんと、宗一郎は腹を決めた。

山手線経由の品川への道は、捻れもひしゃげもせず、実に順調だった。

姉は今更の訪れに驚き呆れ、義兄はさりげなく居なくなろうとしたが、宗一郎が差し出した手土産の饅頭、それに菊代に甘えて作ってもらった葱鮪に、逃げかけた足を戻した。

子ども達は今、祖父母が散歩へ連れて行っているらしい。図らずも大人三人だけ。姉の危急の用件というのは、なんと宗一郎の縁談だった。道場が繁盛するまでは考える気になれませんと即答で断ったが、姉は不服のようであった。

その話が片付いてしまうと、無口な宗一郎を相手に、部屋は静まり返ってしまった。義兄はまた腰を浮かせたが、「天狗の雷玉」の話を持ち出せば、彼も肝試しに行ったのだと、思いもよらず盛り上がった。

「姉さんは、偽物の硝子玉を見たはずですが、有りましたか」

「私ね、結局行かなかったのよ。宗さんを置いてっちゃったから、あの子大丈夫かしらって気掛りでしょうがなくって。山の途中で、もう帰ろって云ったら、皆もほんとは怖かったのね。すぐに全員一致で引き返したわ」

「久子は案外臆病だものなァ。俺には遠慮なく雷を落とす山の神なのにね」

「私ほど優しい山神様はいないでしょ？」

義兄は久子と楽しげに笑っている。仲の良い夫婦ぶりに、宗一郎は自分も唇の端が緩んでくる。

久子は飯事のガマズミの方はすっかり忘れていたが、懐紙に包んだ、干からびた実を見せると、「こんなのを取って置くなんて、宗ちゃんも可愛いところがあったのねぇ」と昔の呼び方に戻って、やけに嬉しそうであった。

「宗一郎さん。ビールは呑んだ事があるかな。良かったら試してみて下さい。——あ、いや、宗一郎さんは呑まないんだっけ。それにこんな昼間っからなんて駄目に決まってるよね。ハハ、もちろん俺だって普段はやっていませんよ」

慌てて瓶を引っ込めようとした義兄の手を、宗一郎は急いで止めた。

「一杯だけ、是非に」

「あ、ああ、そう？　そうか。じゃあ肴をもうちょっと用意しよう」

義兄は喜色満面に立ち上がろうとするが、久子が「腕を振るうわよ」と、更に嬉しそうにそそくさと台所へ向かった。義兄は宗一郎を店に連れて行き、ビールの他にも好きな酒を何でも選んでいいと云う。

「いいえ、一杯だけで。父が泣き上戸だったそうなので、僕も酔うとどうなるか分かりません」

「へぇ！　あの柳田先生が？　そりゃあ驚きだが、俺は泣き上戸の君も見てみたいな。残ったら土産に持って帰ればいいんだから、さぁ何でも選んで下さい」

酒のいろはも分からぬ宗一郎は、結局、神楽坂で呑んだようなのをと説明して、義兄にどぶろくの一本を選んでもらう事になった。

売り物の棚を物色する義兄を待ちながら、棚の隅に、頭の砕けた招き猫が置かれているのを見つけた。

「――お義兄さん。これは、あまり縁起が宜しくないのではありませんか」

「ああ、それはね、きのう真夜中に突然落っこちて割れちゃったんだ。ついこの間、仕入れ先から貰ったばかりなのに、悪い事をした」

後で修繕するつもりで置いといたんだけどねと裏へ引っ込め、宗一郎に酒瓶を持たせる。

（まさか今のが、猫のサモンの正身だったか……？）

招き猫が、通り魔ならぬ魔縁を呼び込んだのなら、皮肉な話だ。

居間に戻って乾杯すると、義兄は水のようにビールをあおる。宗一郎もそれを真似て、一息にギヤマンのコップを傾けた。喉を強い気泡で焼かれて思わず顔を顰めてしまう。義兄はそれをにこにこと満面の笑みで見守っている。

「情けない話だけどね。俺は君から一人きりの姉さんを貰っていったのが、どうも申し訳なくてね。しかもその弟さんは、俺をこっそり下見にまで来て、当日は『姉を頼みます』なんて土下座してみせるだろう。歳若いのに、自分よりずっと立派な聖人君子に、なんだか気が引けちゃってなぁ。ほら、俺なんてこれと云った取り得もない人間だしさ、下ろしたてのシャツの隣に干されたボロ雑巾みたいな気持ちになっちゃってね。これまで縁遠くしてしまって、悪かったよ」

宗一郎は酒をごくんと呑み下した。苦い。喉の奥と頭の芯が火照って熱くなる。

「……僕は、嫌われているのだろうと思っていました」

「何を！　君のような真っ直ぐな男を、誰が嫌うものか」

「そんな事はありません。僕は四角四面で頭が硬いゆえに、不要な処で人を傷つけてしまう。お蔭で近所では誰も近寄ってこない有り様で」

これが泣き上戸の走りであろうか。余計な愚痴が口から零れ落ちる。

すると義兄は大笑いして、ビールのお代わりを注いだ。

「成程、こうして膝を交えてみないと、分からないものだね。それは皆、君の清さと正しさに引け目を感じているだけだろう。君があまりにも出来過ぎているからさ。しかしどうも、こんな可愛いところのある人だったとはね。なぁ、宗一郎くん。酒を呑みたくなったら、今後は是非、この兄に声を掛けておくれね」

宗一郎はふわふわとこそばゆい気持ちで、しっかりと頷いた。

※

家に帰れば、左門が縁側でごろ寝している。

「よぉ、お帰りさん……って、あんた酒臭ぇな。呑んで来たなんて、珍しい事もあるもんだね」

「うん」

宗一郎は左門の隣に腰を下ろし、自分も寝転がってみた。こんな行儀の悪い事をするのは子ども時代にも有ったかどうか思い出せないが、冷えた板敷が、熱を持った頬に心地よい。

そして夕空を見上げれば、夢の中の山手電車から眺めたような大きな丸い月が、こちらを見下ろしている。橙色の温かい色だ。

「土産にどぶろくを貰って来た。君も呑むか」

「なんだよ、今日は天地が引っくり返る日かい」

左門は驚くべき早さで身を起こし、酒の支度に台所へすっ飛んでいった。

「宗一郎、あの兄さんの杯はどうかね」

「それにしよう」

たまには、こんなだらしのない、愉快な夜があってもいいだろう。

僕らは人間だ。

宗一郎は蛙に柳の杯を受け取って、にっこりと頬を緩めた。

本書は書き下ろしです。

大正《たいしょう》もののけ闇祓《やみばら》い

バッケ坂《ざか》の怪異《かいい》

あさばみゆき

2023年5月5日初版発行

発行者……………千葉 均

発行所……………株式会社ポプラ社

〒102-8519 東京都千代田区麹町4-2-6

フォーマットデザイン 荻窪裕司(design clopper)

組版・校閲 株式会社鷗来堂

印刷・製本 中央精版印刷株式会社

ポプラ文庫ピュアフル

ホームページ www.poplar.co.jp

N.D.C.913/266p/15cm

ISBN978-4-591-17793-8

P8111354

ポプラ キミノベル
狐屋《きつねや》コオリ
謎多《なぞおお》き「最凶最悪《さいきょうさいあく》」の
不良《ふりょう》。しかし、その正体《しょうたい》
は悪霊《あくりょう》を退治《たいじ》する
「字消士《じけしし》」！
天《あま》照《てる》和《わ》子《こ》
成績優秀《せいせきゆうしゅう》・容姿端麗《ようしたんれい》
ながら、その性格《せいかく》から
皆《みな》に恐《おそ》れられている
「最強歴女《さいきょうれきじょ》」。
最強《さいきょう》×最凶《さいきょう》のふたりがコンビを組《く》んだ！
悪霊《あくりょう》化《か》した歴史人物《れきしじんぶつ》を予想《よそう》し、魂《たましい》を救《すく》え！
って、わたし、ユーレイは怖《こわ》いんだが!!
歴史ゴーストバスターズ
① 最強×最凶 コンビ結成!?
② ライバル登場!? ドキドキ合宿!
③ 狐屋のひみつと キケンな三角関係!?
④ 歴女失格!? お泊まり会で 大波乱の夏休み!

舞台にかける夢と友情を描いた、
熱い感動の青春演劇バディ・ストーリー！

辻村七子
『僕たちの幕が上がる』

装画：TCB

ある事件をきっかけに芝居ができなくなってしまったアクション俳優の二藤勝は、今をときめく天才演出家・鏡谷カイトから新たな劇の主役に抜擢される。勝は俳優生命をかけて、初めての舞台に挑むことに。さまざまな困難を乗り越えて、勝は劇を成功させることができるのか？鏡谷カイトが勝を選んだ理由とは――？飄々とした実力派俳優、可愛い子役の少年、不真面目な大御所舞台俳優など、個性的な脇役たちも物語に彩を添える！

ポプラ文庫ピュアフルの好評既刊

平安怪異ミステリー、開幕！

峰守ひろかず

『今昔ばけもの奇譚
五代目晴明と五代目頼光、宇治にて怪事変事に挑むこと』

装画：アオジマイコ

時は平安末期。豪傑として知られる源頼光の子孫・源頼政は、関白より宇治の警護を命じられる。宇治では人魚の肉を食べて不老不死になったという橋姫を名乗る女が、人々に説法してお布施を巻き上げていた。なんとかせよと頼まれた頼政だが、橋姫にあっさり言い負かされてしまう。途方にくれているところに出会ったのは、かの安倍晴明の子孫・安倍泰親だった――。

お人よし若武者と論理派少年陰陽師が数々の怪異事件の謎を解き明かす！